Never Bulling Story

네버불링 스토리

네버불링
스 토 리

처음 찍은 날 · 2014년 2월 15일
개정판 1쇄 펴낸 날 · 2021년 4월 5일
개정판 3쇄 펴낸 날 · 2024년 2월 15일

글 한은희
펴낸이 김상일 | **펴낸곳** 도서출판 키다리
출판등록 2004년 11월 3일 제406-2010-000095호
주소 파주시 심학산로10
전화 031-955-9860(대표), 031-955-9861(편집) | **팩스** 031-624-1601
이메일 kidaribook@naver.com | **블로그** blog.naver.com/kidaribook
ISBN 979-11-5785-472-1 (43810)

Never Bulling Story

네버불링
스 토 리

한은희 청소년소설

킨더리

왕따 없는 세상을 꿈꾸며

'왕따'라는 말을 언제부터 쓰게 되었을까요?

왕따라는 말은 우리 고유어가 아닙니다. '왕'이라는 단어와 '따돌림'이라는 두 개의 단어를 결합해서 새로이 만들어 쓰고 있는 단어인 것이지요. 왕따라는 단어는 서서히 우리 주변에 자리를 잡더니, 언제부터인가 학교 폭력과 함께 등장하는 무시무시한 단어가 되었습니다.

가장 안전해야 할 학교나 학원 등에서 은밀히 이루어지는 왕따 피해는 행복해야 할 권리가 있는 청소년들의 성장 과정에 복병처럼 나타나 신체적, 심리적으로 큰 상처를 입히는 커다란 사회 문제가 되어 버린 것입니다.

이 소설은 표현언어장애를 앓는 아이(중학교 2학년, 남자아이)와 인간관계 형성에 어려움을 겪는 아이(중학교 2학년, 여자아이)가 완강한 세상에 온몸으로 부딪쳐 적응하면서 자신들의 꿈을 이루기 위해 혼신의 힘을 다하는 과정을 그리고 있습니다.

두 아이는 가정에서의 고립과 단체 생활에서의 따돌림이라는 이중적 고통을 겪고 있지만, 서로에게서 공통점을 발견하고는 서로 위로하고 힘이 되어 주면서 함께 성장하고 꿈을 펼쳐 나갑니다.

아무리 어려운 처지에 있는 사람일지라도 희망만 있다면 어려움을 극복할 수 있습니다. 활활 타오르는 불꽃도 겨자씨 같은 작은 불씨에서 시작되었으니까요.

왕따나 학교 폭력으로 힘들어하고 있는 친구들이 우리 주위에 있다면 그들을 이해하고 공감해 주는 것만으로도 그들에게는 큰 힘이 될 것입니다.

따뜻한 말 한마디, 고개를 끄덕여 주며 손을 잡아 줄 수 있는 배려와 용기가 필요한 때입니다.

왕따 없는 세상, 왕따라는 단어가 우리의 현실에서 더 이상 존재하지 않는 세상을 꿈꾸면서…….

2014년 2월
지은이 한은희

악몽 · · · · 10

주리라는 아이 · · · 21

나 좀 도와줘 · · · · 32

나쁜 자식, 내가 가만두나 봐라 · · · · 43

잊어버리고만 싶은 기억 · · · · 53

보라색 등나무꽃 · · · · 64

아이엠스피치 · · · · 75

어느 모둠에도 없는 아이 · · · · 85

이번에도 주리 승 · · · · 95

106 · · · · 이제 민물게 따위 안 키워

117 · · · · 생일빵

126 · · · · 표현언어장애

136 · · · · 사라진 퐁퐁이

147 · · · · 부두 인형의 저주

156 · · · · Stay hungry, stay foolish

169 · · · · Why not me

180 · · · · 원 그리고 리

193 · · · · 오뚝이 인형

악몽

　캄캄하다. 교무실 안으로 들어서니 훨씬 더 어둡다. 담임 옆자리가 영어 샘, 영어 샘 옆이 수학 샘 자리였어. 조심 또 조심해야 한다. 뭔가 잘못 건드렸다가 떨어지는 소리라도 나면 누군가 빛의 속도로 달려올 것이다. 캐비닛 두 개의 문을 열어젖히는데 심장이 터질 것만 같다.

　드디어 영어, 수학 과목 중간고사 시험 문제지를 손에 움켜쥐었다. 이제 고양이 발을 하고 교무실만 빠져나가면 된다. 문 밖으로, 거의 다 왔어.

갑자기 두 사람 그림자가 불쑥 나타난다. 너무 놀라 주저앉아 버린다. 맙소사, 교감 샘하고 담임이다. 담임은 화가 잔뜩 난 얼굴로 복면을 벗기려 한다. 겨우 그들을 피해 달아나다가 건물 입구에서 무언가에 부딪쳐 넘어지고 만다. 어……, 안 돼, 아빠다!

놀라서 눈을 번쩍 뜨니 환하게 날이 밝아 있다. 이젠 절도하는 꿈까지. 말도 안 돼. 하필 담임이 뭐야. 아빠는 또 뭐고.

엄마는 벌써 약국에 나갔다. 아빠 방에서는 코 고는 소리가 규칙적으로 흘러나오고 있다. 당연히 술에 잔뜩 취해 새벽에 들어왔겠지. 이 시간에 세상모르는 단꿈을 꾸고 있는 사람, 저 사람이 내 아빠다. 엄마가 차려 놓은 밥상에 밥하고 국만 떠서 먹는다. 엄마는 내 밥상만 봐 놓는다. 아빠는 아침 따위는 안 먹거든.

가방에 『소원을 이루는 기술』(바버라 셔 지음, 자기계발서)을 챙겨 넣고 방을 나서다가 민물게 어항으로 가 본다. 돌이하고 순이. 유일한 내 말벗이다. 돌이는 순이보다 덩치가 좀 크다. 이름이 촌스러운가? 뭐, 그렇긴 해도 부르기 쉬워서 그냥 그렇게 붙인 거다. 민물게는 잡식성이라 뭐든 잘 먹지만 보통 멸치와 식빵을 준다. 상추나 배추도 조금.

"간다. 돌이 너, 순이 괴롭히지 말고 있어. 형은 널 믿는다."

믿는다, 하고 돌아서면서도 솔직히 돌이가 미덥지 않은 건 사실이다. 그렇지만 녀석을 믿어 보는 수밖에 달리 방법이 없다.

"범위가 얼마 안 돼서 이번 시험은 공부하기가 좀 낫겠지?"

국어 샘이다. 중간고사 범위가 얼마 안 되면 기말고사 범위가 많아지는 거 아닌가? 뻔한 셈법인데도 꼭 저렇게 생색낸다.

"에이-, 쌤!"

나서쟁이 구상모가 책상을 치며 말하자 선생님은 또 너냐, 하는 얼굴로 본다.

"에이, 뭐? 시험 범위가 너무 적다는 얘길 하고 싶은 거야?"

아이들 반응을 살피느라 교실을 둘러보던 선생님하고 내 눈이 마주친다. 얼른 시선을 떨어뜨렸다.

"참, 시원이 보니까 생각나는데 시원이 너, 한국문인협회에서 주최하는 '전국청소년백일장'에 한번 응모해 봐라. 예선 먼저 거치고 본선 있다더라."

국어 샘은 중1 때 담임이었다. 그래서 내 꿈이 소설가라는 걸 알고 있다.

"……."

아이들 시선이 한꺼번에 선생님에게서 나한테로 옮겨 온다. 뜨겁다. 아니 따갑다. 그래서 얼굴이 뜨끔거린다. 이런 엄청난 시선들, 나로서는 감당이 안 된다. 이럴 땐 뭐라고 한마디 해야 할 것 같은데 할 수가 없다.

"그래, 하여간 생각해 봐. 그리고 가능하면 꼭 응모하고. 너라면 수상할 수 있을 거야."

"예, 당연히 해야죠. 고맙습니다, 선생님. 실망시키지 않겠습니다."

여기쯤에서 이렇게 쿨한 대답을 해야 하는 거 아닌가? 하지만 머릿속에서는 온갖 생각이 떠올라도 입으로는 한 문장,

한 단어조차 토해 내지 못하는 게 내 현실이다. 나는 표현언어장애니까.

얼굴에서 열이 나기 시작한다. 아마 홍시처럼 붉어졌으리라. 숨이 막힌다. 숨을 쉴 수가 없어 쓰러질 것만 같다. 선생님이 몹시 당황한다. 아이들이 수군거리는 소리가 들린다. 어떤 녀석인지 키득거리기까지 한다.

"선생님, 저도 시원이랑 같이 해 볼까요? 저 초등학교 때 어버이날 편지 쓰기에서 상 받은 적 있거든요."

또 상모다. 1학년 때부터 한반이었던 상모는 내가 사람들 눈을 무서워한다는 걸 잘 안다. 내가 그때처럼 쓰러지게 될까 봐, 모두의 시선을 자기에게 돌리려고 저러는 거다.

"뭐라고? 아무나 참가만 하면 그냥 막 상을 퍼 주는 대회 줄 아니? 녀석, 낄 데나 안 낄 데나."

국어 샘이 핀잔을 주며 출석부와 교재를 챙겨 휑하니 나가 버리자 아이들이 책상을 드럼처럼 두드리며 웃어 댄다.

내가 소설가가 되어야겠다고 결심한 건 중학교 들어오고부터였다. 학년 초에 가정환경카드를 작성해 낼 때 '장래희망'란을 두고 고심하다가 그렇게 적어 낸 것이다. 초등학교 저학년 때 내 장래희망은 법률가가 되는 것이었다. 아빠는 그냥 웃었지만 엄마는 아주 좋은 생각이라고 말했고, 그래서 엄마를 기쁘게 해야겠다고 생각했던 것 같다. 고학년이 돼서는 아무것도 되고 싶은 게 없었다. 정말 솔직히 말하면 되고 싶다고 이런 내가 그런 사람이 될 수 있을까, 하는 생각. 그래서 그냥 선생님이라고 적어 냈다.

그런데 중학생이 되면서 소설가라는 직업이 좋아졌다. 나는 남들과는 어울리지 못하니까, 어울릴 수 없는 사람이니까, 혼자 조용히 생각하고 생각한 결과를 글로 써 나가는 직업인 소설가가 참으로 나에게는 안성맞춤이라는 생각이 들었던 것이다.

상모가 달려오더니 나와 보조를 맞추며 걷는다. 슬쩍 돌아봤더니 요즘 여드름도 살도 더 는 것 같다. 살이나 좀 빼지. 여드름이야 어쩌겠냐만. 그러니까 자꾸 '구 서방' 소릴 듣는 거잖아.

"저기 정혜하고 유미 좀 봐. 또 수미 떼 놓고 도망친다."

"……."

"하긴 송아하고 나경이 자리까지 맡아 놓으려면 광속으로 달려야겠지. 지금 필요한 건 스피드, 흐."

상모는 세상 모르는 일이 없다. 우리 반은 물론 옆 반, 다른 학년에 생긴 일들도 모르는 경우가 거의 없다.

그때 복도를 텅텅 울리며 누군가가 달려온다. 뒤돌아보니 수미다. 점심 같이 먹을 아이들을 놓친 걸 뒤늦게 알았는지 누가 보든 상관 않고 냅다 달리는 게 참 웃긴다.

"야, 쿠-울, 빨리 걸을 거 아님 한쪽으로 좀 붙어서 걷지."

내 어깨를 툭 치며 시비조로 말하고 지나가는 아이, 누구겠는가. 우리 반 짱 승보다. 공부도 잘하는 편이고 성격도 좋다. 운동도 좀 했단다. 뭐, 태권도나 검도겠지만. 승보 옆에는 정민이가 거의 뛰다시피 따라가고 있다. 승보한테 껌딱지처럼 붙어 서서 가는 걸 보니 가뜩이나 마르고 약한 아이가 오늘따라 더 왜소해 보였다.

"정민이 자식, 승보 따라가려면 바퀴 안 보이도록 굴려야겠다."

승보가 멀어지자 상모는 제가 한 말이 우스워서 넘어가려고 한다.

결국 수미는 정혜하고 유미를 따라잡지 못했고, 한자리에 앉지도 못해 혼자 밥을 먹고 있었다. 주눅이 잔뜩 든 얼굴로 그야말로 밥만 꾸역꾸역 입으로 밀어 넣고 있었다. 그러니까 정혜하고 유미는 멀찌감치 떨어져 앉아서도 수미를 조종하고 있는 모양새다. 참 한심한 애들이다.

다른 날 같으면 점심 먹고 나서 운동장이나 화단 같은 데로 나가 놀다가 수업 시작 전에 교실로 돌아오곤 했다. 그런데 오전에 그런 일이 있고 나니 쏘다닐 기분이 영 아니었다. 그래서 오랜만에 교실로 바로 돌아왔다. 상모가 교실은 갑갑하다고 따라오며 자꾸 투덜거렸지만 못 들은 체했다.

교실은 텅 비어 있었다. 우리가 제일 먼저 먹고 왔으니 당연하지. 조용해서 잘됐다, 싶었다. 자리에 앉아 가방에서 『소원을 이루는 기술』을 막 꺼내는데 교실이 비어 있었던 게 아니었다. 저 뒷모습, 자세히 보니 그 자리에 있는 아이라면 강주리가 분명하다. 앞에서도 뒤에서도 가운데인 열의 복도 쪽 창문가에 앉은 아이. 책상 위에 두 팔을 얹고 그 팔 위에 엎드려 있어서 교실에 들어와서까지 보이지 않았던 것이다.

"쟤, 맨날맨날 점심 굶어."

내가 놀란 듯이 주리를 뚫어져라 보고 있자 상모가 귓속말을 한다. 1학년 때부터 죽 그래 왔다고. 같이 먹어 주는 아이가 없어서 그러는 거라고.

도우미 아주머니가 저녁상을 봐 놓고 갔다. 밥하고 국만 떠서 먹으면 된다. 어려운 건 없다. 아침에는 엄마가, 저녁에는 아주머니가 밥상을 차려 놓고 그 옆에 빈 밥그릇과 국그릇까지 얹어 놓고 가면 나는 따끈한 밥과 국을 퍼 담기만 하면 된다. 쉽다. 유치원생도 할 수 있을 일이다.

『소원을 이루는 기술』을 읽고 있다. 처음 이 책을 만났을 때 얼마나 기뻤던가. 제목이 'Wishcraft : How to get what you really want'여서 더더욱 그랬다. 책을 주문해 놓고 내 손에 들어올 때까지 참고 기다리기가 어려웠다. 책을 읽기만 하면 내 소원이 단숨에 이루어질 것 같았으니까.

하지만 똑같았다. 『꿈꾸는 다락방』(이지성 지음)도 『시크릿』(론다 번 지음)도 모두모두 하나같다. 『꿈꾸는 다락방』을 읽고 나서 나는 소원을 하루에 15번씩 6개월 동안 손으로 직접 쓰면서 이루어지게 해 달라고 빌었지만 이루어지지 않았다. 『시크릿』을 읽고는 소원을 화보집처럼 만들어 1년 동안 매일 들여다보면서 빌었지만 소용없었다.

이 책도 그렇다. 나는 소원을 이루는 무슨 특별한 기술이 있는 줄로만 알고 정말 큰 기대를 했었는데, 읽어 보니 거기서 거기다.

책을 집어 들고 있는 힘을 다해 방바닥에 내팽개쳐 버린다. 시간만 낭비했다.

중학교 2학년. 이제 얼마 안 있으면 고등학생이 될 것이다. 대학생도 되겠지. 그러다가 사회인도 되고. 그러는 동안 얼마나 많은 사람들을 만나게 될까. 그런데 그 사람들 앞에서 금붕어마냥 입만 뻐끔대면서 한마디 말도 못 하고, 얼굴이 빨개진 내 모습에 당황한 그들의 두 눈을 내 눈으로 확인하면서 이대로 살아가야 한단 말인가.

컴퓨터를 켠다. 인터넷 검색창에서 '성당' 관련 자료를 찾다가 지도창도 띄워 위치를 확인해 본다.

엄마가 돌아왔다. 보통 밤 아홉 시에서 아홉 시 삼십 분 사이에 오는데 오늘은 좀 늦었다. 그래 봐야 열 시다.

엄마는 다짜고짜 스킨십을 하려고 한다. 키가 작은 엄마는 나를 안아 주는 게 아니라 내 품에 쏙 들어와 내가 안아 주는 꼴이 된다. 그런데도 엄마는 기회만 생기면 나보고 자꾸 안자고 한다. 내가 피하면 이젠 정말 정 붙일 데도 없다면서 푸념하는 게 안돼 보여서 좀 참아 볼까 생각해 본 적도 있지만, 싫다. 안을 때 엄마하고 눈을 뜨고 얼굴을 빤히 마주봐야 하는 게 싫어서다. 그것만큼 멋쩍고 낯간지러운 게 없다.

자기 전에 물을 마시려고 나갔다가 거실에서 통화하고 있는 엄마와 마주쳤다. 엄마는 잘 자라는 듯 내게 눈인사를 하고 다시 통화에 몰입한다. 한 손에는 맥주 캔을, 다른 손에는 전화기를 들고 있다.

늦은 밤, 저렇게 캔 맥주를 마시면서 친구들과 오랜 통화를 하거나 음악을 듣는 게 엄마의 즐거움이다. 맞아, 엄마의 유일한 낙. 그런 걸 알지만, 뻔히 다 알고 있는 일이지만 엄마가 저러고 있으면 정말 눈물이 나려고 한다. 참으려고 해도 참을 수가 없이.

주리라는 아이

오전에 영어 듣기평가를 했었다. 그런대로 잘 본 것 같아 오늘은 하루 종일 마음이 가벼웠다. 담임이 지각 좀 제발 하지 말라는 말을 인사말처럼 남기고 뱃살을 흔들면서 나가기 무섭게 아이들이 자리에서 일어났다.

교실 문 쪽으로 가고 있는데 사물함에 책을 넣고 있던 송아가 돌아본다. 반 여짱으로 통하는 아이다. 우리 반 여자아이들 중에서 제일 크고 남자아이처럼 체격이 다부지다.

"저기 시원아, 내일 내 생일인데 꼭 와 줬으면 좋겠어."

송아는 들고 있던 생일 카드를 내민다. 니 생일이면 뭐? 그리고 너, 그런 식으로 말하는 거, 너랑 안 어울려. 하던 대로 하지.

내가 그대로 걸어 나가 버리자 하얗게 질린 송아 얼굴이 보인다. 송아는 나를 따라 나오던 상모를 부른다.

상모가 헐레벌떡 나를 다시 따라왔다. 참 할 일 없는 놈이다. 그러게 뭐 하러 그딴 짓은 해. 들은 척도 안 하고 그냥 나와 버리면 될걸.

"들었지? 내일 송아 생일이란 거. 송아가 너 데리고 올 거면 나도 오라더라."

상모는 감격한 얼굴로 초대장을 보여 준다. 좋기도 하겠다. 직접 초대받은 것도 아니고, 나를 데리고 오면 같이 오라는 데도 저렇게 좋아 헤헤거리기까지 하고. 어휴, 참 대책 없이 모자란 놈이다.

"그런데 아까 보니까, 니가 송아한테 해도 너무하더라. 가지는 않더라도 초대장만큼은 받아 줘야 하는 거 아냐? 걔가 무슨 투명 인간이나 되는 것처럼 완전 무시하던데."

그럼, 니가 모시든지.

"내일 정말 안 갈 거야?"

너 혼자 가셔. 가서 아주 잘 하고 와.

학교하고 집에서 되도록 멀리 떨어진 성당이 좋을 것 같았다. 그래야 아는 사람이 없을 테니까. 혹시라도 아는 사람을 만나면 내가 어떤 애라는 게 금세 들통 나게 될 거다. 나를 모르는 사람들 속에서 시작해야 편견 없이 나를 봐 주고, 나도 자신감 있게 그들을 대할 수 있을 거다.

작년에는 절에도 몇 번 가 본 적 있다. 부처님한테 내 소원을 말하면 될 것 같아서였다. 그런데 몇 번을 가도 그저 나 혼자 부처님 앞에서 소원만 빌다가 돌아왔을 뿐, 내 얘기를 털어놓거나 내 말을 들어 줄 사람이 없었다. 그래서 발길을 끊었다.

학교 상담 샘도 만나 본 적 있다. 상담실에 내 발로 가기까지 참 많은 용기가 필요했지만 너무 힘든 상태였기 때문에 갔다. 어리석게도……, 상담 샘이 묻는 대로 솔직하게 대답을 했는데 상담실을 나오고 한두 시간 만에 담임이 불러서 갔더니 너, 내가 어려워서 니 신상에 관한 얘기 여태 안 했다고 하던데 내가 정말 그렇게 무섭니? 이제부터 나한테도 다 털어놔, 아무 걱정 말고, 라 했던가. 얼마나 내가 바보 같던지. 그 일이 있고 나서부터는 절대, 맹세코 상담 샘이든 누구에게도 내 비밀 따위 얘기하지 않는다.

절이나 교회와는 다르게 성당에는 수녀님이 있다는 생각이 얼마 전 문득 들었다. 수녀님은 내 말을 들어 주지 않을까, 하는 기대감. 소설이나 TV 속에 나오는 수녀님들은 누군가의 비밀을 끝까지 지켜 주고 말을 들어 주고 용기를 줬다. 그래서 나는 수녀님을 만나 보기로 했다. 수녀님과 얘기가 통하면 성당을 다닐 거다.

두 시간 넘게 벤치에 앉아 있었다. 그동안 몇 분의 수녀님들이 벤치 앞을 지나다녔다. 그런데 그분들은 하나같이 바빠 보였다. 옆도 안 돌아보고 갔고, 누군가와 동행해 빠른 걸음으로 지나쳐 갔다. 어쩌면 여기에도 내 말을 들어 줄 사람은 없는가 보다, 하며 일어나려는데 한 사람이 다가온다.

"여기 오래도록 앉아 있는 것 같던데 혹시 내가 도와줄 일 있나요?"

작지만 또랑또랑한 목소리의 그분은 우리 엄마 또래 수녀

님이었다. 갑자기 나타나서 놀라기도 했지만 막상 말을 하려
니 입이 떨어지지 않아 얼굴부터 빨개진다.

"아, 아니, 예."

"좀 앉아도 되겠지요?"

수녀님은 단번에 내 상태를 알아챈 것 같았다. 하긴 늘 많
은 사람들을 만나는 분이니.

"예, 예에."

"무슨 고민 있어요? 부모님께 말 못 할 고민, 이성 간의 고
민이라든가 아니면 가정에 어떤 사연이 있나요?"

"아, 아니, 그게, 그게 아니고요. 하아, 하아–."

가슴이 터질 것만 같다. 숨을 쉴 수가 없다. 한마디만 하
자고. 내가 미칠 것 같다, 말을 잘하고 싶다, 한마디만 얘기
해 보자고!

"음, 우리 성당에 한번 나와 보세요. 학생 또래도 많아요.
그래서 성당을 나오다 보면 친구도 생기고 사회성도 좋아
질 거예요. 그런데 신자가 되려면 교리 공부를 먼저 해야
해요. 할 수 있겠어요?"

"얼, 얼마나 오, 오래?"

"6개월 정도는 교육 받아야 해요. 괜찮다면 오늘 등록하는 게 어때요?"

"6, 6개월."

수녀님은 고개를 들어 건물 여기저기를 살펴보다가 손목시계를 보더니 자리에서 일어난다.

"신자는 교리 공부가 필수죠. 그럼 같이 가 볼까요? 도와줄 사람을 소개할게요."

자리에서 일어났다. 몇 걸음 앞서 걷던 수녀님이 내가 따라가는 기척이 없자 돌아서서 나를 뻔히 보고 있었지만 나는 뛰어서 성당 건물을 빠져나와 버렸다.

역시 이거였어. 6개월을 기다려야 겨우 수녀님을 만날 수 있다는 얘기. 어쩌면 그때가 돼도 수녀님은 내 말 따윈 들어줄 시간이 없을 거고. 다들 똑같아. 판박이같이 똑같은 말, 똑같은 패턴.

버스에서 내렸다. 엄마가 보고 싶었다. 오래도록 안 가 봤다. 엄마 약국은 피부과, 치과, 이비인후과, 가정의학과 같은 병원들이 몇 개 들어 있는 큰 건물 1층에 있다. 그래서 하루 종일 바쁘다. 보조 약사 한 명에 보조원 한 명을 두고 있는데도 내가 갈 때마다 사람들이 기차 대합실처럼 북적인다.

문을 열고 들어가 볼까, 하다가 그냥 기둥 뒤에 몸을 숨긴 채 유리문 밖에서 본다. 어차피 들어가도 엄마하고 얘기할 시간도, 딱히 할 얘기도 없다. 지은 약을 비닐봉지에 담아 주면서 복용법을 알려 주는 엄마 얼굴은 딱딱하게 굳어 있다. 한 번도 웃어 본 적 없는 사람 같다. 마치 웃는 법을 배우지 못해 웃을 줄 모르는 것처럼. 게다가 몹시 지치고 피곤해 보인다.

잠시 의문에 휩싸인다. 그러고 보니 엄마가 웃는 얼굴을 본 적이 없다는. 아니다. 있다. 내가 전교에서 일등을 한 날들에는 이따금 미소를 만들었다. 맞아. 희미하게 만든 미소도 웃음이 맞다면.

걸어서 집으로 가고 있다. 약국에서 집까지는 거리가 조금 있긴 하지만 버스를 탈 정도까진 아니다. 지름길로 가려면 오래된 낡은 건물들이 있는 거리를 지나가야 한다. 재래시장이 사라진 자리에 남겨진 몇몇 구멍가게들, 좁은 골목길과 허름한 빌라들, 미니 공원을 지나면 우리가 사는 대단위 아파트 단지가 나온다.

늘봄 빌라와 서광 빌라 사이로 난 좁다란 통로로 빠져나가면 우리 집이 훨씬 가깝다는 걸 얼마 전에 알게 됐다. 그 사이로 지나가는데 문자 수신음이 울렸다. 상모였다.

"송아 생일 파티 꼭 같이 가자. 초대장 받고도 안 가는 건 그야말로 무시해 버리겠다는 건데, 그렇게 되면 앞으로 너는 물론 나까지 학교생활 힘들어진다."

버튼을 꾹 눌러 문자를 지워 버리다가 휴대전화를 떨어뜨렸다. 주우려고 고개를 숙이는데 빌라 반지하층 방 유리창이 활짝 열려 있는 곳으로 저절로 눈이 갔다. 그런데 작고 어둡고 어수선한 그 방에서 그 아이를 보고 말았다. 상모가 "쟤, 맨날맨날 점심 굶어."라던 강주리라는 아이 말이다.

주리는 그 당집같이 산만한 방에서 벽에 등을 붙이고 길 쪽으로 난 창문을 향해 무릎을 세운 자세로 장승처럼 앉아 있었다. 다 큰 게 가방에 턱없이 큰 롱다리 인형을 덜렁이며 달고 다닌다고 반 여자아이들이 비웃고 놀려 대는 걸 여러 번 본 적 있는데, 바로 그 인형을 무릎 위에 얹어 놓고 마치 사람하고 마주 앉아 대화라도 하듯 종알거리고 있다.

주리하고 눈이 마주쳤다. 순간, 보지 말았어야 할 것을 봤다는 생각이 들면서 얼굴로 뜨거운 열기가 올라오는 게 느껴졌다. 안 돼, 제발, 여기서는.

하지만 내 얼굴은 이미 새빨개져 있었다. 식은땀까지 뻘뻘. 등신, 여기서 빨개지면 안 되지. 일부러 네가 들여다본 거라고 쟤가 생각하면 어쩔래? 넌 그런 판단도 안 서냐? 나는 내 머리를, 가슴을 마구 내리치고 싶었다.

주리는 나를 못 본 걸까. 혹시 눈이 많이 나쁜가. 아니면 내가 빛을 등에 지고 엎드린 채 방 안을 들여다보고 있어서 날 못 알아보는 건가. 봤다면 저렇게 아무것도 못 본 것처럼 투명한 얼굴, 말간 눈으로 볼 리 없지.

도망치듯 그곳을 빠져나와 집으로 왔다. 왜 하필 그 시간에 거기서……. 가방에서 휴대전화를 꺼내 들다가 화가 나 다시 홱 던져 넣고 현관 디지털 도어록 비밀번호를 입력해 문을 열었다.

그런데 사람 소리가 난다. 도우미 아주머니 목소리다. 여느 때 이 시간이면 아주머니는 내 저녁상을 봐 놓고 가 버리고 없다. 통화를 하고 있나 보다. 혹시나 해서 조심스럽게 거실을 지나 주방으로 가 보니 아주머니는 통화를 하고 있는 게 아니고 친구를 초대해 얘기를 나누고 있었다. 친구는 돌아앉아 아주머니를 보고 있고, 아주머니는 무언가를 요리하는 중이다.

죄지은 사람처럼 살며시 집을 빠져나왔다. 처음 있는 일은 아니다. 어쩌다 한 번씩 아주머니는 친구를 데려와 맛난 것도 해 먹이며 놀다가 갔다. 아주머니는 내가 집에 오는 시간을 알고 있다. 하지만 엄마가 그 시간에 절대 오지 않는다는 것도 알고 있다. 더구나 내가 엄마한테 그런 일들을 일러바치지 않는다는 걸 아주머니는 너무도 잘 알고 있는 것이다.

대형 마트 안에 있는 맥도날드다. 아이스크림하고 감자튀김을 시켜 제일 안쪽 구석 자리로 가서 앉는다. 사람들이 참 많다. 하지만 날 아는 사람은 다행히 없는 것 같다. 모처럼 편안한 마음으로 앉아 사람들을 천천히 둘러본다.

집에 들어가기 싫거나, 오늘처럼 아주머니가 가야 했을 시간에 집에 있거나, 엄마하고 아빠 사이에 문제가 생기면 찾아와 몇 시간이고 보낼 수 있는 곳. 아무도 나를 아는 척 않고 나도 세상에 신경 끊고 있을 수 있는 장소. 시끄럽고 소란스런 분위기지만 그런 분위기여서 오히려 익명성이 보장되는.

맥도날드에서 아는 아이를 만나면 조금 떨어진 롯데리아로 가면 그만이다. 그도 저도 안 되면 동네 빵집으로 가면 된다. 이런 공간들, 참 고마운 곳이다.

나 좀 도와줘

교실로 들어서는데 참 기가 막힌다. 나는 어느 나라 조공 행렬인 줄 알았다. 오늘이 송아 생일이라는 건 알지만 송아가 저런 대접 받는 아이인 줄은 몰랐다. 모두들 크고 작은 선물꾸러미를 들고 송아 앞으로 가서 차례를 기다려 축하한다는 말 한마디씩 건네고 돌아오는 것이었다.

"송아 선물 사 왔지?"

내가 자리에 앉자마자 상모가 귓속말을 했다.

"······."

돌아보지도 않고 들은 척도 않자 상모가 손바닥을 펴 쓱 내밀며 다시 귓속말을 했다.

"내가 전해 줄게, 이리 내."

"치워."

상모 손을 밀어 버렸다. 아유, 귓구멍 간지러워. 징그런 녀석. 상모한테서 멀찌감치 떨어지면서 얼굴을 돌리다가 송아하고 눈이 마주쳤다. 송아는 꽤 실망한 얼굴이다. 입술까지 꼭 깨물고 있다. 책상에 저토록 많은 선물을 쌓아 놓고도 말이다.

주리가 교실로 들어선다. 등에 멘 가방에서는 걸을 때마다 커다란 롱다리 인형이 흔들리고 있다. 주리는 교실 뒷문으로 들어와 복도 창문을 따라 앉은 송아와 수미를 지나야 제자리로 갈 수 있다. 송아 곁을 지나던 주리의 롱다리 인형이 송아 팔을 스친다.

"야, 광주리! 너 아침부터 더러운 인형 따위로 이 현송아 생일날 사람 재수 없게 해?"

송아는 자리에서 벌떡 일어나더니 주리를 향해 속사포처럼 쏘아 댔다. 하지만 정작 주리는 아무 일도 없었다는 듯 인형을 가방에서 떼어 내더니 마치 너도 많이 아팠지, 내가 지켜 주지 못해 미안해, 하는 듯이 머리를 쓰다듬어 주며 달래고 어르는 것이었다.

송아 눈치만 보고 있던 나경이가 주리 앞으로 걸어갔다.

"야, 광주리. 너 뭐 믿고 그렇게 까불어? 너 땜에 송아 화났잖아. 빨리 사과해."

그래도 주리는 인형만 매만지고 있었다. 나경이는 주리가 들고 있는 인형을 빼앗았다.

"이리 내 봐. 어떻게 생긴 건데 그렇게 죽고 못 살아?"

인형을 빼앗아 들고 보던 나경이는 기겁해서 던져 버리며 소리쳤다.

"부두 인형이다, 아-악!"

나경이는 꽁무니가 빠지게 제 자리로 돌아가 버렸다. 그러고는 부들부들 떨면서 인형 한쪽 눈알이 없고 너무 낡아 얼굴도 손도 발도 다 희미해져서 신체 부분들이 하나도 없는 것처럼 보이는데, 저건 부두 인형이 틀림없다는 것, 자기가 부두 인형에 대해 좀 아는데 저걸로 우리한테 주술을 걸어 나쁜 일이 생기도록 하려는 수작이 분명하다며 떠들어 댔다.

상모는 화장실에 들렀다가 온다고 해서 나 먼저 교실로 돌아왔다.

오늘도 주리는 빈 교실에 홀로 남아 책상 위에 엎드려 있다. 고개 들고 편안히 앉아 있어도 될 텐데, 굳이 고행이라도 하듯 점심시간 내내 저러고 있는 것이다. 점심까지 생으로 굶고서.

혹시 매일 잠자는 양이 부족해 점심시간에라도 수면량을 채우려는 건지, 아니면 점심 먹고 오는 아이들하고 눈이 마주치면 겸연쩍을까 봐 지레 저러는 건지 궁금하기 짝이 없다.

"오늘 점심 토할 것 같더라, 그치?"

마침 호들갑을 떨면서 상모가 들어온다. 그래서 놀라는 척 책을 한번 떨어뜨려 봤다. 별 반응이 없다. 일어나 창문도 열었다 닫아 보고 책걸상도 찍찍 기분 나쁜 소리가 나도록 움직여 봤지만 아무 소용없다. 전혀 무반응.

"왜 그래, 무슨 일 있어?"

무딘 상모가 저렇게 묻는 걸 보면 내가 오버하긴 했나 보다. 하지만 주리 저 아이는 고집스럽게 얼굴을 두 팔 위에 얹고서 긴 생머리로 모습조차 감춘 채 꼼짝도 않는다.

점심시간이 끝나는 종이 울리고 과학 샘이 들어서고 나서
야 비로소 고개 들고 일어나는 아이가 바로 강주리다.

"정말로 선물은 필요 없어. 그냥 오늘 저녁 먹으러만 우리
집에 와 주면 돼. 부탁이야."

담임이 나가고 나자 선물꾸러미를 나경이와 나누어 챙겨
든 송아가 또 그 얘기를 꺼냈다. 나보고 어쩌라고. 싫다니까,
나 그런 데 가는 거 정말 싫거든.

"……."

내가 앞만 보며 나가려는데 뒤따라오던 승보가 한마디 했
다.

"오우, 너네 사귀냐? 송아 네가 쿠−울하고 이런 사인 줄
몰랐다."

잔뜩 빈정거리는 말이 끝나기도 전에 송아는 들고 있던 선
물꾸러미를 바닥으로 아무렇게나 패대기치더니 승보 코앞에
제 얼굴을 바싹 들이밀고 말했다.

"야, 이 꼴통, 바부탱이야! 너 진짜 웃긴다. 우리가 사귀면,
사귀면 어쩔 건데, 엉?"

"어, 어-."

"나 지금 멘붕 상태거든. 당장 꺼져라. 애들 앞에서 쪽팔리게, 이게."

"어, 그래. 사실 뭐, 내가 상관할 일도 아니지. 미안하다, 현송아. 내일 보자."

반 아이들이 겁먹은 얼굴로 서둘러 교실을 빠져나가고 있다. 승보는 항복한다는 듯 두 팔을 과장스럽게 들어 올려 보이고는 나가 버린다. 정민이도 이게 아닌데, 하는 얼굴로 따라간다. 송아가 나를 돌아보는 걸 보면서 나도 교실을 빠져나와 버렸다.

교문을 나서는데 폭풍처럼 달려오는 여자 발자국 소리.

"시원아, 김시원!"

뭐야, 또 재야? 아우, 쪽팔려. 내가 못 들은 척 계속 걷고 있는데 뒤에서 악을 쓰는 소리가 난다.

"김시원, 좀 서 봐!"

할 수 없이 멈추고 돌아봤다. 어느새 바로 앞까지 따라온 송아가 가까스로 내 앞에서 달리기를 멈춘다. 애는 정말 운동신경 장난 아니다. 다른 애들 같았으면, 저 정도 속력으로 달려왔으니 나하고 부딪쳤을 거다. 하지만 송아는 관성의 법칙을 무시하고 제가 서고 싶으면 서는가 보다.

송아는 조금 전 승보한테 그랬듯이 내 코앞까지 얼굴을 바싹 들이대더니 나를 올려다보면서 말했다.

"너, 나 무시하는 거지. 맞지?"

할 말이 없었다. 아니, 할 말은 많은데 할 수가 없었다.

"……."

"정말 안 올 거야? 꼭 와 줘."

송아 눈에 눈물이 고이고 있었다. 이러지 마, 제발. 나한테 왜 이러는 거야. 킥킥거리는 소리가 나서 돌아보니 아이들이 우리를 피해 지나가며 비웃는 소리였다.

야, 우리 학교에서 오늘 영화 찍는댔냐? 몰라, 요즘 찍는 날 어디 따로 있나. 시도 때도 없이들 주인공 모드잖아, 저렇게.

얼굴로 맹렬히 핏기가 몰려들고 있었다. 심장은 터질 것 같고 숨이 막혀 쓰러질 것만 같았다. 누가 제발 나 좀 도와 줘. 부탁할게. 한마디만, 단 한마디만 속 시원하게 해 보자고. 싫다고, 나한테 이러지 말아 달라고.

젖 먹던 힘까지 써 가며 달렸다. 눈앞이 희뿌예져 길이 보이지 않는다. 에잇, 빌어먹을!

책상 위로 가방을 집어던져 버리고 침대 위에 벌러덩 누웠다. 이런 땔 먹먹하다고 표현하는 걸까. 가슴은 체한 것처럼 꽉 막혀 숨도 제대로 쉴 수 없고 마음은 아리고 따갑고 뜨끔거린다. 누군가 말했지. 이런 순간 툭 던지듯, '아프다'고. 푸후, 내가 지금 이런 우스개나 할 땐가.

문자 수신음이 울린다. 상모다. 내가 그렇게 도망치고 난 뒤에 송아가 자기를 보자고 했단다. 그러더니 무조건 나를 데려오라고. 그러면서 초콜릿까지 주었다나.

그런데 초콜릿을 받다가 송아 손가락하고 자기 손가락하고 스치듯 살짝 닿았는데 송아는 더럽다면서 펄쩍펄쩍 뛰면서 침까지 퉤퉤 뱉더니 너, 정말 재수탱이라면서 버럭질이더란다. 그러더니 겨우 진정해선 미안하다, 시원이만 데려오면 다 용서해 주겠다고 했다는 것이다.

녀석, 하는 말. 송아가 그래도 고맙더라나. 걔가 그렇게까지 말해 줬는데 지가 날 안 데리고 가면 내일부터 자기는 송아 볼 낯이 없으니까, 꼭 같이 가잔다. 그러니 잠시 후 다섯 시까지 우리 아파트 치킨집 앞에서 보잔다.

아, 그 자식, 한 점 도움 안 되네. 아휴, 성가셔. 배터리를 분리시키고 나서 휴대전화를 책상 위로 던져 버렸다.

"정말 안 올 거야? 꼭 와 줘."

수학 문제집을 풀다가 낮에 있었던 일이 문득 생각났다.

눈물까지 글썽이며 나를 올려다보던 아이, 송아. 걘 정말 왜 그럴까. 내가 그렇게 만만하게 보이는 걸까. 생일 파티를 하고 싶으면 가겠다는 애들만 데리고 가면 되지, 안 가겠다는 나를 왜 꼭 데려가려고 할까. 하던 대로 하지. 부탁한다. 꼭 와 줘는 또 뭐냐고. 손발이 다 오글거린다.

자리를 박차고 일어나 민물게 어항으로 가 본다. 녀석들은 서로의 반대편, 자기만의 영역으로 들어가 각자 조용히 엎드려 있다. 충분히 먹어 배도 부를 테고 딱히 평화로움을 깨는 자도 없으니, 그들만의 행복한 시간인가 보다.

내가 다가가자 인기척을 느끼면서 불똥이 튀면 바로 달아날 자세를 취하는 팽팽한 긴장감이 느껴지지만 아직은 미동도 않는다.

"형아다. 긴장하긴. 오, 그래. 아무 이상 없네. 형아 갈 테
니까 돌이 너, 허튼 짓 하지 마. 순이 넌 계속 푸욱 쉬고."

가까이서 보고 싶을 때도 적정 거리를 유지해 줘야지, 너
무 가까이 다가가면 녀석들은 부리나케 숨을 곳을 향해 냅다
달린다. 다른 개체가 개체 간의 묵시적 인정 거리를 무시하
고 자신들을 향해 바싹 다가서는 걸 절대 못 참는다.

돌이와 순이, 서로 사이좋게 다정하게 지내면 좋을 텐데.
어깨도 붙이고 껴안기도 하고, 집게 끝이라도 서로 닿은 채
잠들면 좋을 텐데. 그것도 아니면 그저 옆에 나란히 앉아서
라도 오순도순 살면 좋을 텐데, 그러지를 않는다. 그러는 걸
본 적이 없다.

어항 속에 단둘이 살고 있으면서 서로를 외면한다면 도대
체 어디서 정을 느끼고 누구와 온기를 나눌 수 있단 말인가.

그러고 보면 돌이하고 순이, 누군가 닮았다. 참 많이도 닮
았다. 민물게들의 냉전은 밑도 끝도 없고 시작도 끝도 없는
엄마 아빠의 냉전 상태와 꼭 같다. 그런 두 사람 사이에서 심
판도 아니고, 중재자도 아니고, 그렇다고 스위스와 같은 영

세중립국도 아닌 나는 뭐란 말인가.

"눈물아, 내 기억이 너를 잊지 못해. 가슴아, 내 추억이 너를 놓지 못해. 하루 또 하루만……."

안방에서 엄마가 틀어 놓은 노래. TV 드라마『야왕』OST 중 하나인 '얼음꽃'이다. 아주 조그맣게 들리지만 가사가 또렷하다. 엄마는 한 곡에 꽂히면 그 노래가 질릴 때까지 하루에도 수십 번씩 자동 재생해서 듣는다. 그러니 나 또한 그 노래를 모르려 해도 모를 수 없는 일. 아마 저 노래는 엄마가 잠들기 전까지 계속 흘러나올 것이다.

오늘 밤에는 더 이상 공부가 안 될 것 같다. 자야겠다. 불을 끈다.

참, 저 노래를 좋아하기 전에 엄마가 좋아했던 노래 가사가 생각난다.

"다른 시간에 다른 곳에서 만나 사랑했다면 우린 지금 행복했을까……."

엄마는 어떤 사랑을 하고 싶은 걸까.

나쁜 자식, 내가 가만두나 봐라

캄캄한 밤에 등에 폭탄을 짊어지고 가려니 오금이 저려 자꾸만 진땀이 난다.

자루에 넣어 온 폭탄 하나를 꺼내 학교 현관문 쪽으로 힘껏 던진다. 이걸로는 건물 일부만 날아가겠지. 그럼 하나를 더 던지면 될 거고. 어, 그런데 이상하다. 던질 때는 분명 폭탄이었는데 땅에 떨어지는 걸 보니 돌멩이다. 에잇, 이러면 안 되지. 빨리 끝내고 가야 해. 다시 폭탄을 꺼내 멀리 던져 본다. 또 돌멩이다. 헉, 이러면 안 되는데. 큰일 났다. 다시

하나 더. 또 돌멩이다. 자루 속을 보니 폭탄이 하나밖에 남지 않았다. 어떡하나, 이거마저 돌멩이면.

막 던지려는데 누군가가 내 얼굴에 플래시를 확 비춘다.

눈을 뜨니 창으로 눈부신 햇살이 쏟아져 들어오고 있다. 엄마가 차려 놓은 아침을 먹고 가방을 챙기다가 먹이 봉지를 들고 어항으로 가 봤다. 녀석들도 아침을 먹어야 한다.

"얘들아, 밥 먹자. 어서 모여. 형아가 밥 줄게."

멸치 부스러기, 빵가루를 두 군데로 나눠 놓아 주고 나서 보니 돌이만 보이고 순이가 보이지 않는다. 내가 순이를 찾느라 돌멩이들을 이리저리 들춰 보자 돌이란 녀석 날쌘돌이처럼 손가락과 먼 곳으로 기가 막히게 피해 돌아다닌다.

안 돼, 이럴 수는 없어! 순이는 사라지고 순이 등껍질로 추정되는 새끼손톱만 한 사체만이 눈에 띈다. 몸체도 다리도 집게도 모두 사라지고 등껍질만 남은. 그러니, 그러니까, 돌이 놈이 결국 순이를 잡아먹었다는 얘기?

금방 먹은 밥을 모두 토해 냈다. 삭을 사이 없이 그대로 넘어온 토사물은 밥 따로 국 따로 따로국밥처럼 모양과 색깔도 선명하다. 그런데 어지간히 해도 될 것 같은데 어제 먹은 것까지 다 나오는지 양도 참 엄청났다. 겨우 마음을 추스르고 보니 침대며 방바닥이 엉망이다.

걸레하고 쓰레받기를 찾았다. 그런데 한 번도 아주머니가 그런 걸 어디에 두는지 본 적이 없어 찾는 데 한참이나 걸렸다. 걸레로 밀어 쓰레받기에 토사물을 담는데 눈물이 나왔다. 돌이 녀석, 절대 가만 안 둔다. 이것만 치우고 내 이 자식을.

"뭐야, 아침부터 웬 소란이야? 사람 자는 거 뻔히 알면서."

맞다. 집에는 아빠도 있었지.

"죽었어요."

"뭐가?"

내가 어항 쪽으로 고갯짓을 하자 아빠는 별일 아니면 두고 보자는 얼굴로 가 본다. 돌아서는 아빠 얼굴에 쓰여 있었다.

한심한 놈!

"그러니, 게 한 마리 죽었다고 아침부터 이 소란이야? 먹은 것까지 다 게워 내고."

"……."

"약해 빠진 놈, 사내 녀석이 저리 물러 터져서 세상 어떻게 살겠다는 거야?"

참으려고 해도, 이를 악물어도 그놈의 눈물이 비집고 나왔다.

"……."

"넌 도대체 누굴 닮아 그렇게 약해 빠진 게냐. 결국 세상은 힘센 놈, 강한 놈만 살아남는 거야. 저게 다 약육강식이라는 자연계의 법칙 아니냐고."

그래요, 나 엄마 닮았어요. 엄마 닮아서 그래요. 그럼 아빠는 힘이 세서, 강해서 엄마한테 그러시는 거예요? 나한테 이러시는 거냐고요.

거기 누구 있어요? 제발, 말 좀 속 시원히 하게 해 달라고요. 속으로만 이러면 뭐하냐고요.

이따금씩 눈이 마주치면 송아는 집요하게 눈총을 쏴 댔다. 사회 샘이 나가자마자 설마, 하고 돌아봤더니 또 그러고 있다. 이럴 땐 교실을 나가 버리는 게 정답이다.

"어, 피다, 피!"

일어나 나가려는데 누군가 소리쳤다. 정혜다. 우리 반 여자아이들 놀리는 재미로 사는 아이다. 정혜는 아이들이 잘 볼 수 있도록 친절하게 손가락으로 주리 치마 뒷부분을 가리키고 있었다. 자리에서 일어나는 주리의 고동색 치마에 거무스름한 자국이 오백 원짜리 동전만 하게 생겨나 있었다.

"피 맛네. 야, 광주리, 너 치마에 피 묻었어."

유미가 큰 이벤트라도 생긴 것처럼 일어나 아이들을 둘러보며 분위기를 띄웠다. 주리는 보이지 않는 치맛자락을 보려고 고개를 뒤로 젖혔다. 아이들이 주리를 둘러쌌다. 남자아이들도 기웃거렸다. 얼굴이 새빨갛게 변한 주리가 밖으로 달려 나가는데 유미가 잔뜩 빈정거리는 목소리로 소리쳤다.

"너, 설마……, 생리 첨이야? 그럼 초경?"

수미가 체육복을 들고 따라 나갔다. 옆 반 아이들이 지나가다가 무슨 일인가, 들여다봤다. 유미하고 친한 아이가 들어와 무슨 일 있느냐고 하자 유미는 신이 나서 조금 전에 일어났던 이야기를 각색까지 해서 떠벌렸다. 그 아이는 웬 핫이슈, 하는 얼굴로 제 반으로 달려갔다.

체육복으로 갈아입고 들어온 주리는 가방을 둘러메고 롱

다리 인형을 품에 안더니 마치 인형하고 대화라도 하듯 중얼거리며 교실을 나가 버렸다. 아이들은 주리가 부두 인형으로 주술을 걸고 있다면서 허겁지겁 흩어져 버렸다.

점심시간, 주리가 아니라 나 혼자 텅 빈 교실에 남아 있는 건 좀 낯선 풍경이다. 우리 교실이 아닌 것 같으니까, 참 이상하지. 그 애가 점심을 굶고 있는 게 좋은 일도 아닌데 우리 교실이 아니라고 생각하는 나도 웃긴 애다.

그나저나 돌이 녀석, 내가 저를 얼마나 믿었는데 그딴 짓을 해? 먹을 걸 그렇게 넉넉히 줬는데도 순이를 먹다니. 등껍질, 달랑 순이 등껍질만 남겨 놓고 다 삼켜 버렸다니. 녀석은 정말 뭐든 먹어 치우는 식충일 따름이다. 나쁜 자식, 내가 가만두나 봐라. 순이랑 둘이서 애지중지하며 살았으면 얼마나 좋았을까, 나도 점심 이렇게 굶지 않아도 됐고.

주리의 빈자리가 다시 눈에 들어온다. 얼굴이 빨개져 집으로 가던 주리였다. 연민과 안타까움이 느껴졌다. 내 얼굴이 빨개졌을 때도 남들 눈에 그렇게 비쳤겠지. 이대로는 안 돼. 이대로 살 순 없잖아? 방법이 있을 거야, 분명.

버스를 타러 가면서 상모가 주리 얘기를 꺼냈다. 상모는 정보원처럼 주리에 대해서도 아는 게 엄청 많았다. 머리에 안테나가 백 개는 더 달렸나 보다.

주리는 미혼모 가정 딸이란다. 태어나면서부터 아빠가 없었고, 엄마가 분식점을 운영해서 먹고 산단다. 집도 지하실이라는 얘기가 있지만 가 보지 않아서 잘 모르겠고, 학교 오는 거 말고는 절대 집 밖에는 안 나가는 아이.

엄마가 분식점 때문에 매일 밤늦게 오는데, 엄마 올 때까지 혼자 밥 먹고 혼자 놀고 그렇게 사는 아이. 어릴 때부터 가지고 다닌 천 인형이 있는데 이젠 낡아서 흉물스러워진 그것을 중2나 되는 게 매일 품에 안고 다니면서 무당처럼 주술적인 말을 중얼거려 대니까, 애들이 무서워서 왕따조차 시킬 수 없는 자연산 왕따란다.

상모는 내 옆에 붙어 서서 계속 주절거리다가 버스가 오자 올라타면서 한쪽 눈을 찡긋해 보인다. 멋있지도 않구만, 멋있는 체하긴.

상모를 보내고 걷기 시작했다. 이대로 집으로 들어갈 수 없으니까. 결단코 오늘은 무슨 방법이든 찾아야 하니까. 내가 죽든 아니, 그렇다고 죽을 수는 없지만. 좋아, 방법이 있을 거야.

대로변의 건물들을 건성으로 훑으며 걷다가 '아이엠스피치 학원'이라는 간판이 눈에 띄었다. 갑자기 머릿속에 불이 확 들어오는 느낌이었다. 오, 맞아, 스피치! 이런, 내가 왜 한 번도 스피치 해 볼 생각은 안 했지?

걸음을 멈추고 간판을 자세히 봤다. "화술 지도·자신감 훈련."이라는 안내 문구가 눈에 들어왔다. 심장이 미친 듯 뛰기 시작했다. 심장 고동 소리가 내 귀에까지 들려오는 것 같았다.

'킹스 스피치'라는 영화를 본 적 있다. 말더듬이, 마이크 공포증인 영국 왕을 괴짜 언어치료사가 독특한 언어 훈련을 통해 말짱으로 거듭나게 한다는 내용이었다. 그 영화를 보고 많은 감명을 받았다. 영국 왕이 마이크 공포증을 이겨 내고 성공적으로 연설하는 장면에서는 참을 수 없이 눈물이 쏟아졌다. 저렇게 이겨 낼 수 있구나, 저런 선생님을 만나면, 하는 생각만 했을 뿐 나도 그런 선생님을 만날 수 있다는 생각은 못 했던 것 같다.

건물 입구에서 한참 서성이다가 용기를 내 3층까지 올라가 봤지만 결국 유리문을 밀지 못해 내려오고 말았다.

실망스럽다. 소망이 절실하지 않아서일까. 영국 왕처럼 나도 좋은 스승을 만나지 말란 법은 없을 거다.

걷다 보니 주리 집 부근을 지나고 있었다. 문득 오전에 주리가 그러고 가 버린 게 생각났다. 슬쩍 보고만 가면 될 것이다. 다른 뜻은 없다. 몸을 숨기고 살며시 반지하층 방을 들여다봤다.

주리는 이불을 목까지 덮고 벽을 보며 누워 있었는데, 제 오른팔 위에 롱다리 인형을 아기 재우듯 눕혀 놓고 얘기를 나누는 중이었다.

"너도 봤지? 정혜 계집애 표정, 유미 그 계집애가 한 말도 다 들었지? 하지만 난 그렇게는 주문하지 않을 거야. 난 사람들이 다치는 건 싫거든. 그렇지? 그러니까 넌 내 말을 들어야 해. 너 혼자 하고 싶은 대로 해 버리면 절대 안 돼."

내가 들어 본 가장 고통스런 목소리였다. 주리가 한 말이 무슨 의미인지는 잘 모르겠지만 심한 마음의 갈등이 있다는 건 알 것 같았다. 더 이상 듣고 있을 수 없어서 조용히 물러

났다.

 민물게 어항으로 가 본다. 돌이는 등껍질만 남은 순이를 옆에 두고 순이 몫이었던 멸치를 아구아구 먹고 있다. 화가 치밀어 오른다. 너 정말 나쁜 자식이구나. 정말 용서가 안 되는 놈이다. 넌 친구를 지켜 주지 않았어. 마땅히 벌을 받아야 해. 불쌍한 순이를 먹고도 배가 그렇게 자꾸자꾸 고프냐? 이 식충이보다 못한 놈아. 너한테 가장 큰 형벌은 굶는 거겠지. 넌 굶는 고통을 당해 봐야 해.
 손가락을 가져가자 돌이는 먹고 있던 멸치도 내던지고 쏜살같이 도망가 숨는다. 등껍질만 남은 순이 잔해와 멸치 조각, 식빵 조각 같은 먹이들을 어항에서 꺼내 쓰레기통으로 죄다 던져 버렸다.

잊어버리고만 싶은 기억

　새벽 한 시를 넘겼다. 중간고사가 며칠 안 남아 시작했던 과목은 끝내고 자려던 게 좀 과했나 보다. 내 철칙이 밤샘은 안 하는 거다. 그런데 중간중간 잡념이 끼어들어 잘려 나간 시간이 많다 보니 열두 시를 넘겨 버린 거다. 하긴 어차피 오늘이 토요일이니 지금부터 푹 자고 일어나 오후부터 다시 시작하면 된다. 이제 자야겠다.

　책을 덮고 있는데 현관문 디지털 도어록 누르는 소리가 들렸다. 아빠가 들어오나 보다. 오늘은 다른 날보다 좀 이르다.

흠, 내가 말해 놓고도 좀 우습다. 꼭두새벽이면 한 시나 두 시나 세 시나 거기서 거기지.

아빠는 많이 취했나 보다. 방에 앉아서도 다 알 수 있다. 걸음걸이가 그렇거든. 규칙적이지 못하고 엇박자 놓듯 발걸음이 산만하다. 그리고 무엇보다도 아빠는 많이 취할수록 혼자 중얼거리는 강도가 심해진다. 혼자 말하고 혼자 답하고 혼자 웃고 혼자 화내고.

그나저나 큰일 났다. 아빠 오기 전에 자려고 했었는데. 이왕 늦은 거 조금만 더 있다 오지. 삼 분만, 아니 일 분만 더 있었어도 불 끄고 자리에 누웠을 텐데. 이제는 늦었다. 지금 불을 끄면 눈치 빠른 아빠는 단번에 알아채고 또 그걸로 꼬투리를 잡으려 할 거니까.

엄마도 아직 자지 않고 있었나 보다. 아빠는 안방으로 걸어가서 문손잡이를 돌리고 있다.

"이봐, 당신 아직 안 자고 있었네. 설마, 날 기다린 건 아닐 테고. 하여간 문 열어 봐. 응?"

엄마가 대답할 리 없다. 엄마도 나처럼 후회하고 있을 거다. 예기치 못한 시간에 아빠가 들이닥쳐 엄마도 나도 참 난

감하다. 아빠는 문손잡이가 부서져라 돌려 대며 고함을 친다.

"문 좀 열어 보라니까!"

한밤중, 변기 물만 내려도 아래윗집에서 모두 알아채는 시간. 화들짝 놀란 엄마가 할 수 없이 문을 연다.

"입 좀 다물어요. 시간이 어떻게 된 줄도 모르고. 사람이 부끄러운 줄 알아야지. 아직 시원이도 안 자고 있는 거 안 보여요? 애 시험 기간이라 조심스런 마음에 지금까지 나도 안 자고 있는 것도 모르고."

아빠는 내 방에 불이 켜 있는 걸 보았겠지.

"당신이 나한테 이렇게 쌀쌀맞게 구니까, 자식 녀석까지 저러는 거라고. 애비가 들어오니 나와 보길 하나, 따뜻하게 인사를 하길 하나, 안 그래? 시험 잘 쳐서 공부만 잘하면 뭐 해. 인간이 안 된걸. 사람이 먼저 돼야지."

"제발 소리 좀 낮추라니까요. 이러는 당신은 인간이 잘 된 거예요? 사람이 먼저 된 거냐고요. 맨날 술타령하고 들어와 이렇게 소리나 버럭버럭 질러 대고 문도 벌컥벌컥 열어 대니까, 내가 문을 잠그고 자는 거라고. 알지도 못하면서."

"야, 시원아, 김시원. 너 좀 나와 봐!"

아빠가 내 방으로 걸어오는 소리가 났다.

"떠들지 말고 이리 와요, 어서."

안 가려고 버티다가 비틀거리며 끌려가는 발걸음 소리, 끌고 가며 뒷걸음질 치는 소리가 들리더니 내 방에서 제일 거리가 먼 아빠 방에서 말다툼하는 소리가 나지막하게 들린다.

오랜만에 실컷 잤다. 오후 두 시가 다 돼 가는 걸 보니 열두 시간은 족히 잔 모양이다. 거실로 주방으로 다니면서 살펴보니 엄마도 아빠도 나가고 없다.

돌이 생각이 번쩍 들었다. 먹이가 널려 있어도 늘 허기진 하이에나처럼 설쳐 대던 녀석이 쫄쫄 굶었으니 제 딴에는 죽을 맛일 거다. 시간 계산을 해 봤더니 금식령을 내리고 먹이를 모조리 치운 지 스무 시간은 된 것 같다. 돌이 이 녀석, 혹시……, 하는 생각에 자리를 박차고 일어나 가 봤다.

다행히 녀석은 멀쩡했다. 그런데 힘이 좀 없어 보였다. 처음으로 그렇게 긴 시간 굶었으니 힘이 없기도 하겠지. 나쁜 놈, 네 죄를 생각하면 하루 정도는 더 금식령을 내리고 싶지만 이 또한 생명인데 죽일 수는 없지. 그래도 네 친구 순이를 애도하는 뜻에서 며칠간 육식은 금지다. 고로 식빵하고 상추만 조금 떼어서 어항에 넣어 줬다.

나는 깜짝 놀랐다. 돌이도 사고를 한단 말인가. 먹을 걸 보면 사족을 못 쓰던 녀석이 내가 먹이를 줬는데도 별 관심이 없다. 먹이를 내려놓는 내 손에만 집중하면서 손만 치우면 바로 채 가려고 잔뜩 벼르던 녀석이었는데 시큰둥하다. 그래, 녀석도 자기 죄에 대해 반성을 하고 있는지도 모르지. 어쨌든 녀석이 그러거나 말거나 정이 뚝 떨어진 건 사실이다.

인터넷 검색창에 '아이엠스피치'를 입력하고 엔터키를 쳤더니 홈페이지가 나타났다. 홈페이지에는 학원 소개, 원장 인사말, 교육 과정, Q&A 같은 버튼들이 있었다. 하나하나 차례로 눌러 보고 나서 '교육 후 소감' 버튼을 눌렀다. 학원에서 수업 받았던 사람들이 앞으로 수업 들을 사람들을 위해 남긴 글들이 있었다. 많은 사람들이 무대공포증, 사회공포증, 적면공포증, 발표공포증을 극복했거나 자신감을 얻고 간다며 고마움을 표시하는 내용들로 가득 차 있었다.

희망의 끈을 손에 거머쥐는 느낌. 먹구름 사이를 뚫고 나온 실오리 같은 한 가닥 빛을 보는 듯했다. 'Q&A' 버튼을 눌러 상담 글을 올렸다. 그야말로 구원을 기다리는 심정으로.

브런치를 먹고 있는데 초인종이 울렸다. 문을 열자 상모가 손에 뭔가를 흔들어 보이면서 들어왔다. 송아 편지였다. 맘 같아선 눈길도 안 주고 그대로 찢어 버리고 싶지만 안 읽을 수도 없다.

편지에는 좋아한다, 사귀자, 공부하는 데는 절대 지장 주지 않겠다는 내용이 들어 있었다. 머리 나쁜 애는 꼭 이렇게 티가 난다. 어떻게 이성 친구 사귀면서 공부가 잘 되겠느냐고. 아인슈타인 같은 천재라면 모를까, 나처럼 노력형 수재는 일 분 일 초를 쪼개야 겨우 자리를 지킬 수 있는 법이거든. 게다가 나는 송아가 너무너무 노 땡큐다.

우리 반 수석 정보원 상모는 송아 얘기도 해 줬다. 송아는 태권도 2단에 유도 2단이라는 것. 아빠가 태권도장 관장이고 엄마는 교도관이란다. 그런데 말을 하다가 상모가 입술에 침을 잔뜩 바르고 뜸을 들이더니, 사실은 자신이 송아를 좋아한다는 것이다. 그러면서 자기하고 송아가 잘 되도록 내가 좀 도와주면 안 되겠느냐고 통사정을 한다.

내가 아무런 반응을 안 보이자 승보 얘기도 했다. 승보가 어제 자기한테 이제부터 지 셔틀 노릇 좀 해 줘야겠다고 했단다. 지금까지는 정민이가 했는데 이젠 정민이를 쉬게 할 생각이라는 것. 그래서 싫다고 거절했더니 듣도 보도 못한 욕을 해 대면서 돈이라도 있으면 내놓으라 했고, 그것도 안 주면 안 될 것 같아서 주머니에 있던 삼천 원을 삥 뜯겼다는 것. 이게 다 나랑 놀기 때문에 승보가 그러는 거 나도 알 거라면서, 그러니 내가 자기한테 잘 해야 한다는 것이었다.

이번에는 정혜 얘기를 꺼내는 상모를 쫓아내듯 집 밖으로 내보내 버리고 문을 잠갔다. 참 성가신 놈이다.

엄마가 일찍 들어왔다. 두통이 심하고 몸살기가 있다고 했다. 새벽에 있었던 아빠하고의 일 때문에 엄마는 밤새 한잠도 못 잤을 거다. 자면 될걸, 나처럼 그냥 자면 될걸. 엄마는 아빠하고 그런 일이 있고 나면 밤을 꼬박 새곤 했다. 만취가 돼 들어와 엄마하고 실랑이를 하다가 잠에 곯아떨어져 오전 내내 자고 일어나 오후가 되면 평소와 똑같이 학교로 출근하는 아빠하고는 정말 대조적이다. 이렇게 다른 두 사람이 어떻게 사랑하고 결혼하게 됐을까.

피자랑 파스타를 시켜 놓고 엄마하고 거실에 앉아 있는 거, 참 오랜만이다. 코끝이 맵다. 이런 때 울면 안 되지. 엄마가 슬플 거니까. 내가 좋은 아이는 아니지만 나쁜 아이가 돼서는 안 될 것 같다. 엄마한테는 내가 엄마 자신보다 소중한 존재라는 걸 잘 알고 있으니까. 가끔씩 엄마가 밉고 짜증 날 때도 있지만 그걸 알기 때문에 엄마 마음을 다치게 하고 싶지 않다.

내가 초등학교 저학년이었을 때는 가끔 엄마랑 거실이나 주방에 앉아 저녁 대신 이렇게 피자나 족발 같은 걸 시켜 놓고 먹으면서 아빠를 기다리곤 했었다. 그 기억 속에서 아빠도 함께했던 적이……, 한두 번은 있었던 것 같다. 맞아, 그랬을 거야.

잠자코 피자를 먹고 있던 엄마가 가슴이 답답한지 주먹으로 가슴을 쾅쾅 내리친다. 내 가슴이 다 무너지는 것 같다. 엄마는 화병인 게 분명하다. 생물 샘이 그러는데 화병은 우리나라에만 있는 문화 관련 증후군으로 미국 정신과협회에 'hwa-byung'으로 등록돼 있는 스트레스성 장애라고 했다.

엄마는 도저히 말을 안 하고는 안 되겠는지, 참고 있던 말들을 한꺼번에 항아리 물 비워 내듯 꺼내 놓는다. 이렇게 단둘이 마주 앉아 있을 때면 으레 그래 왔기 때문에 내가 중학생이 되고 나서부터는 가능하면 엄마하고 마주 앉지 않으려는 이유가 돼 버린 거지만.

너만 아니었으면 벌써 이혼했을 텐데, 너 때문에 니 아빠랑 산다. 그렇게 알고 넌 공부나 열심히 해. 내가 니 덕 보려고 그러는 거 아닌 건 너도 잘 알 테고, 그저 내가 원하는 건 너 하나 잘돼서 남들한테 손가락질 안 받고 떳떳하게 사는 거 보는 게 전부야. 오늘만 해도 봐라. 니 아빠 알코올 중독인 거 맞지? 저 정도면 당연히 중증이지. 남들 다 자는데 고래고래 고함을 지르면서 그 소란을 벌이고. 내가 창피해서 얼굴 들고 아파트를 못 다닌다. 지식인이라고 사람들이 존경하네, 부럽네, 하면 뭐 해. 허구한 날 이러고 사는데.

그만해요, 엄마. 나도 싫어요. 아빠가 저러는 거. 그리고 엄마가 나 때문에 아빠랑 사는 것도. 엄마가 이럴 때면 나도 미칠 것만 같아요. 지워지려던 기억들이 되살아나서 나를 다시 아프게 한다고요.

내가 열 살이었던 초등학교 3학년 여름방학 때였다. 우리는 제주도로 가족여행을 떠났었다. 2박 3일. 여행을 떠났던 첫날. 식당에서 저녁을 먹다가 엄마하고 아빠가 갑자기 다투기 시작했다. 무슨 일 때문이었는지는 기억에 없다. 그렇지만 말다툼은 가끔 있는 일이었고 금세 별일 아닌 일로 지나갔기 때문에 그날도 그럴 줄 알았다. 하지만 그날의 말다툼은 말싸움으로 변했고, 어느 순간 아빠는 식탁을 뒤집어 엎어 버렸다. 식당 안은 여름방학을 맞아 우리처럼 가족여행을 온 손님들로 북적거렸다. 엄마하고 아빠는 마주 앉아 있어서 엄마 얼굴이며 옷 앞섶에는 음식물이 쏟아지고 튀어서 엉망이 돼 있었다. 엄마는 울면서 밖으로 달려 나갔다. 아빠도 엄마를 따라 나갔다.

나는 졸지에 식당에 홀로 남겨졌다. 세상 모든 것이 내 눈앞에서 딱 멈춰 버린 것 같은 억겁의 시간이 흘렀고, 나는 겁에 질려 한여름이었는데도 이를 떡떡 부딪치면서 떨고 있었다. 두 시간이 넘었다. 이제는 경찰에 신고해야겠다, 아이가 버려진 게 분명하다면서 주인이 경찰에 신고하려고 전화기를 손에 잡을 때쯤 엄마가 돌아왔다. 엄마가 오고 나서야 나는 먹은 걸 다 게워 냈다. 아빠는 며칠 뒤에 집으로 돌아왔다.

그때부터 초등학교 시절 내내 유기 불안에 시달렸다. 헨젤과 그레텔처럼 버려질 것만 같았다. 내가 그 동화를 몰랐다면 그렇게 힘들지 않았을까?

세상 사람들이 무서웠고, 모두 나쁜 사람들 같았다. 모두 나를 차가운 시선으로 쳐다보는 것 같아 말을 하려고 하면 말이 목구멍에서 빠져나오질 않았다. 식은땀만 뻘뻘 나고 얼굴은 딱딱하게 굳어지면서 눈앞이 하얘졌고 다리에는 힘이 풀렸다.

보라색 등나무꽃

"중간고사 며칠 안 남았지? 전교 일등 반은 아니라도 좋은데 꼴등 반은 절대 사절이다."

출석부를 펼치며 아이들을 둘러보던 담임 눈이 비어 있는 주리 자리에서 딱 멈췄다. 담임은 놀란 것 같았다.

"주리 안 왔냐?"

"예, 아직……."

반장인 승민이가 대답했다.

"금요일 오전에 조퇴 신청도 안 하고 그냥 그렇게 가 버려서 주리 어머니한테 전화해 놓았는데도 안 왔단 말이지?"

"전화해 볼까요?"

승민이가 자리에서 일어나자 담임은 됐다, 내가 알아서 하겠다는 듯 앉으라는 손짓을 했다.

"요즘 학교 폭력, 왕따, 청소년 자살 문제 해결을 위해 전국 중 · 고등학교에서 많이 고심하고 있을 걸로 알고 있는데, 우리 학교도 좋은 방법을 찾고 있었다. 그런데 이런 문제는 사실 스승과 제자 사이에 신뢰만 쌓이면 많은 부분 해소될 수 있는 일이거든. 그래서 내일부터는 등교 시간에 선생님들이 교문 앞에 나가서 등교하는 너희들과 일일이 손바닥을 부딪치면서 하이파이브를 하기로 했다. 사랑도 전하고 힘도 실어 주는 의미에서."

담임 말이 다 끝나기 전부터 아이들은 킬킬거리거나 야유를 보냈다.

"아무리 그래도 애들하고 선생님들하고 어떻게 하이파이브를 해요. 에이, 아무도 교문 안으로 안 들어오려고 할걸요."

상모가 입을 비집고 나오는 웃음을 겨우 참아 가면서 말을 마치고 앉자 담임은 씨익 웃으면서 말했다.

"왜?"

"쪽팔리니까요."

"시끄러! 잘 해 보자고 선생님들이 의논해서 좋은 안을 내놓으면 적극적으로 따라 볼 생각을 해야지. 음, 그리고 너희 중에 혹시 주리 집 아는 사람 있어?"

아무도 손을 안 들자 담임은 교실을 나가면서 "내일은 나오겠지." 하고 중얼거린다.

운동장에서 피구를 하고 있었다. 체육 샘은 교무실에서 급한 전갈이 오자 승민이한테 너희끼리 잘 하고 있으라는 당부를 남기고 갔다.

나하고 상모, 송아, 나경이가 같은 팀이 됐고 승보하고 정민이, 정혜, 유미, 수미가 한 팀이다. 승보는 남짱답게 공을 잘 다뤘다. 우리 팀 대부분을 승보가 아웃시켰다.

하지만 나도 운동은 좀 하지. 승보보다 잘하는 것까지는 아니지만 승보만큼은 할 수 있다. 그래서 나도 승보 팀 애들을 많이 아웃시켰고, 십 분이 지나자 양 팀에 두 명씩만 남게 되었다.

바로 나하고 송아, 승보하고 정혜였다. 공을 맞고 밖으로 나간 정민이가 공을 패스해 줘서 승보가 공을 들고 우리를 공격하기 위해 달려오고 있었다. 송아하고 나는 승보 공을 피하기 위해 이동하다가 서로 발이 얽히면서 넘어지고 말았다.

이제는 글렀구나, 하고 몸을 일으키면서 승보를 쳐다봤다. 그런데 공이 얼굴을 향해 날아오고 있었다. 승보는 내가 자기를 돌아볼 거라 생각하고 얼굴을 돌리는 타이밍까지 기다렸다가 공격한 것이었다.

"아악!"

눈을 뜰 수가 없었다. 분명 공을 얼굴 부위에 맞았고 얼굴이 욱신거리는데도 공이 날아오며 흙먼지를 가져와 눈에 흩뿌려졌는지 뾰족한 사금파리 조각이 눈동자를 찌르는 것처럼 아리고 쓰렸다. 눈물이 저절로 쏟아졌다.

"야, 박승보. 너, 당장 사과해!"

송아가 나섰다.

"왜? 내가 왜 사과해야 되는데. 경기하다 보면 공을 맞는 건 당연한 일이지. 시원이만 맞은 것도 아니고 애들도 다

공 맞고 아웃됐잖아."

"그야 정상적인 게임이면 그렇겠지. 하지만 넌 반칙 썼잖아. 등이나 다리에 맞혀도 되는데 일부러 얼굴에 던졌잖아."

"야, 너 정말 이상하다. 너, 내가 일부러 그랬다는 증거 있어? 그리고 니들 정말 사귀냐? 왜 재 일이라면 눈에 쌍심지 켜고 그래?"

"머저리 같은 자식!"

나중에 상모한테 들은 얘긴데, 송아는 바로 태권도 '이단옆차기'로 승보를 날려 버렸단다. 코피가 나는 것도 모르고 어안이 벙벙해 있는 승보를 정민이가 겨우 일으켜 놓은 걸 송아가 다시 '모로 발 걸어 넘기기'라는 유도 기술로 넘겨 버렸고, 또다시 공격하려고 다가가자 승보는 바로 두 팔을 번쩍 들어 보이면서 '항복'이라는 말까지 했다고 한다. 태권도 2단, 유도 2단이란 말이 거짓말은 아닌가 보다.

집에 데려다 주겠다는 상모를 겨우 떼어 버렸다. 아직도 얼굴이 얼얼하고 화끈거렸다.

'아이엠스피치' 학원이 보였다. 지난 토요일, 학원 홈페이지 'Q&A'란에 상담 글을 올려놓았더니 답변 글이 달려 있었다. 나 같은 경우는 스피치 훈련을 통해 충분히 극복할 수 있으니 꼭 한 번 방문하라는 내용이었다.

건물 계단 입구에서 한참 머뭇거리다가 3층까지 올라갔고, 더 많은 용기를 낸 다음에야 드디어 학원 유리문을 밀고 안으로 들어갔다.

사무실과 강의실이 분리돼 있었는데, 벽과 출입문 모두 반투명 유리로 된 사무실 안에는 우리 아빠 나이하고 비슷해 보이는 남자가 앉아 있었다. 컴퓨터를 들여다보고 있던 그 남자가 내가 서성거리고 있는 걸 봤는지 자리에서 일어나 나왔다.

그분은 원장님이었다. "원장 박한겸"이라고 쓰인 명패를 보고 원장님 성함을 알았다. 원장님은 내게 몇 가지 질문을 하고 내가 답변하는 걸 보더니 내 증상을 알아챈 것 같았다.

대인공포증이나 무대공포증, 증상이 심하지 않은 말더듬 같은 건 마음먹기에 따라 쉽게 고칠 수 있으니 앞으로 절대 빠지지 말고 수업에 참석하라고 했다. 그리고 무엇보다도 꾸준히 나오는 게 중요하다는 점을 명심하라고 했다.

"얼, 얼마나 하면 고칠 수 있, 있어요?"

"사람에 따라 달라. 대부분 두세 달 정도만 해도 증상이 개선돼 사람들 사이에 있는 게 '괜찮다, 즐겁다'는 생각이 들면서 자신감이 생기지만 소극적으로 훈련에 임하는 경우 일이 년이 지나도 증상이 거의 개선되지 않는 경우도 봤거든."

"열심히만 하면 더 빠, 빨리도 되겠네요."

"당연하지. 그건 네가 어떻게, 얼마나 연습하느냐에 달렸어."

원장님은 내가 딱하고 안쓰러운지 내 손을 잡아당겨 손등을 다정하게 두드려 주었다.

그러고는 아무 걱정 말고 나를 믿고 열심히만 나와라. 나도 너처럼 가벼운 언어장애가 있었다. 그것이 사회생활을 하면서는 무대공포, 사회공포증으로 변했다. 그러다 보니 참 힘든 삶을 살았고, 결국은 스피치를 통해 이렇게 이겨 내게 됐다. 그래서 지금은 너와 같은 어려움을 겪는 사람들을 돕기 위해 이런 스피치 학원을 운영하게 된 거다. 너도 여기 오기까지 얼마나 커다란 용기가 필요했겠니. 그 용기를 도중에 놓아 버리지 않고 끝까지 잘 간직하기만 하면 나처럼 이겨 낼 수 있다, 했다.

수업은 매주 화요일과 목요일 저녁 일곱 시에서 아홉 시까지라 했다. 그러니 화요일인 내일부터 당장 수업이 시작되는 셈이다. 좋아, 해 보는 거야. 달리 방법이 없으니까. 더 이상은 물러설 데도 없고.

학원을 나와 주리 집 부근을 지나면서 잠시 고민했다. 가볼까. 내가 뭐 하러. 그래도……. 아니, 내가 무슨 상관인데?

그런데 발길은 벌써 주리 집 쪽으로 옮겨지고 있었다. 열린 창문 안을 잠깐만 들여다보고 가려고 무릎을 구부리면서 마음을 가다듬는데 빌라 건물 출입구 쪽에서 뭔가가 나를 보고 있는 것 같은 느낌.

주리다. 설마, 눈을 한 번 끔벅여 눈꺼풀로 닦고 나서 다시 보았다. 맙소사, 주리가 맞았다. 롱다리 인형을 품에 안고 있었다. 난 너무 놀라 그 자리에 털썩 주저앉은 채 얼음처럼 몸이 굳어져 버렸다.

주리가 다가와 아무 말 없이 손을 내밀었다. 그런데 왼쪽 손목에 붕대를 감고 있다. 무슨 일일까. 나를 일으켜 주더니 주리는 따라오라는 듯 앞장서서 걸었다. 빌라 건물을 돌아 가면 우리 집 가는 쪽으로 미니 공원이 있다. 그 공원 등나무 밑으로 가더니 주리는 앉았다. 나도 옆으로 가서 앉았다.

등나무가 꽃을 포도 송이처럼 주렁주렁 달고 있었다. 포도 중에서도 머루포도 송이처럼 커다랗고 소담스럽다. 보라색 등나무꽃은 향기가 좋고 모양도 예뻐서 내가 정말 좋아하는 꽃이다.

"올 줄 알았어."

"뭐? 어떻게."

"하여간, 알아. 네가 믿을지 모르겠지만 난 앞으로 일어날 일, 그런 것들 미리 다 알고 있어."

"에이, 그, 그런 게 어딨어?"

"너, 독심술, 염력 그런 거 믿니? 영하고 대화해 본 적 있어?"

나는 덜컥 겁이 났다. 주리가 무당일지도 모른다고, 부두 인형을 가지고 다니는 주술사인지도 모른다고 애들이 떠들어 대더니 그럼 그게 정말?

"아니."

"그럴 줄 알았어. 다들 그런 생각 안 해 보니까."

"그런데 너, 내일은 학, 학교 나오니?"

"아니, 안 가."

놀라서 돌아봤더니 주리는 내가 보는 걸 뻔히 알 텐데도 앞만 쳐다보고 있다. 등나무 잎사귀 사이를 비집고 들어온 한 줄기 햇빛을 받은 주리의 창백할 정도로 하얀 얼굴이 예쁘다. 콧날도 오뚝하고 파리하게 질린 것 같은 입술선이 곱다. 나는 주리가 내 생각을 염력으로 알아챌까 봐 얼른 고개를 돌려 버렸다.

"왜? 다, 다들 걱정하던데."

"정말?"

"뭐?"

"다들 걱정한단 말."

나는 잠시 혼란스러웠다. 정말 다들 걱정했었나, 아닌가? 정리가 안 된다. 도대체 뭐가 뭔지 구분이 안 되는 카오스 상태.

"그, 그야."

"혹시 너만 걱정한 거 아냐?"

"나? 내, 내가……."

주리는 소프라노로 웃었다. 까르르, 햇살을 타고 등나무 위로 날아 올라간 웃음소리가 맑고 투명하게 울려 퍼졌다.

"농담해 본 거야. 미안해. 나, 절대 비웃은 거 아니다. 내 말은 그냥 나를 걱정할 사람이 학교에는 없을 거란 얘기였어."

주리는 말도 참 잘한다. 목소리는 작지만 차분하게, 아나운서처럼 또박또박 말한다.

집에 오면서 생각해 봤다. 정말 나만 걱정한 건가? 아니지, 담임도 있고 주리 엄마도 있었잖아. 그렇지만 애들 중에서는……. 어, 뭐야. 이게 아닌데. 주리가 오해하면 어쩌지?

아이엠스피치

내가 검은 옷에 검은 복면을 한 자객이 돼 있다. 등에는 긴 칼도 차고 있다. '장학관실'이라고 쓰여 있는 방문을 열고 들어가자 업무를 보고 있던 장학관이 깜짝 놀란다. 그는 내가 자객이라는 걸 알아차리고 겁에 질려 "왜 이러십니까, 원하시는 게 뭡니까?" 하고 묻는다. 나는 품에서 종이 한 장을 꺼내 장학관 앞으로 던진다. 종이에는 "전국 모든 학교에서 당장 시험을 없애시오!"라고 쓰여 있다.

장학관이 황당한 얼굴로 나를 쳐다보고 있는데 경찰들이

들이닥쳐 나를 덮친다.

깨어 보니 꿈이다. 나는 주먹으로 이마를 몇 번 툭툭 소리 나도록 쳤다. 어떻게 나는 꿈조차 어리바리할까. 아니, 칼도 한 번 못 빼 보고 달랑 종이나 한 장 던지고 나오는 게 자객은 무슨.

자리에서 일어나 돌이한테 가 봤다. 잘 먹지도 움직이지도 않던 돌이였다. 그런데 돌이가 안 보였다. 몸을 구부려 은신처로 만들어 준 돌멩이들 사이를 들여다봤다. 역시 그 사이에 있다.

"너도 순이한테 미안하지? 좋아, 용서까진 안 돼도 이 형아가 좀 참아 줄 테니까, 힘내."

안됐다는 생각에 먹을거리를 가까이에 놓아 주고 돌아서는데 이상한 기분이 들어 손가락을 대 봤지만 꼼짝도 않는다.

이럴 수가 없다. 손가락만 가까이 가도 줄행랑을 놓던 녀석이었다. 볼펜으로 살짝 건드려 봤지만 요지부동이다. 할 수 없이 돌멩이들을 치우고 돌이를 꺼냈다.

오, 마이 갓! 돌이는 죽어 있었던 것이다. 토하고 싶은 맘은 굴뚝 같지만 지난 저녁에 먹은 건 밤새 소화돼 버렸고, 아침은 아직 먹지 않아 빈 구역질만 나왔다.

화장실에서 빈 토악질만 해 대다가 나와 돌이를 쓰레기통에 버리고 어항을 발코니로 가져가 던지듯 내려놓았다. 어항 주둥이에 매달린 보라색 리본이 서럽게 보였다. 녀석들을 동생처럼 생각하면서 잘 키워 보라고 내가 좋아하는 보라색 끈으로 엄마가 장식해 준 것이었다.

처음에 엄마한테 민물게를 선물 받고 얼마나 기뻤던가. 학교가 끝나면 총알같이 집으로 돌아왔다. 혹시나 녀석들이 배가 고프면 어쩌나 싶었고, 어두컴컴한 방 안에서 무섭지는 않을까 걱정도 됐었다. 심지어는 내가 보고 싶을지도 모른다, 나를 기다리고 있을 거라는 착각을 하면서 빨리 수업이 끝나 녀석들한테 돌아올 시간만을 기다리기도 했었다.

그런데 며칠이 지나면서 녀석들의 이상한 습성을 알게 됐다. 아무리 먹이를 충분히 줘도 꼭 서로 먹겠다고 싸우는 것이다. 특히 돌이 녀석의 먹이에 대한 집착은 집요하고도 무지막지했다. 돌이는 자기 배가 부를 때까지, 그래서 더 이상

먹을 수 없게 될 때까지 순이가 공동의 먹이 앞으로 다가가는 걸 끊임없이 방해했다.

함께 살면서 다정하게 지내라고 둥지를 넣어 줬는데도 첫날부터 둘 다 본체만체했다. 그리고는 마치 약속이나 한 것처럼 서로 멀찌감치 떨어져 생활하면서 절대 가까이 다가가지 않았다. 잠시라도 서로가 자기 옆을 스치듯 머무는 것조차 못 참아 했다.

그러던 어느 날, 돌이 녀석이 먹이 부근으로 다가가는 순이를 공격해 순이 왼쪽 집게가 떨어져 나가는 대형 사고까지 쳤었다. 그래서 먹이를 두 군데 나누어서 놓아 주게 되었고, 다음부터 그런 일은 없었다.

하지만 그날의 충격은 잊히지 않았다. 순이의 그 뭉텅 떨어져 나갔던 집게. 한 개체가 다른 힘없는 개체를 맥없이 불구로 만들어 버렸던 그 사건. 그런 돌이의 공격성과 먹이에 대한 맹목적 집착이 무섭기도 했지만 뭔가 꼭 집어서 말하기 힘든 불길하기만 한 어떤 느낌.

그런데 생각해 보면 엄마하고 아빠의 냉전 상태를 쏙 빼닮은 녀석들의 삶에 무슨 일이 생기면, 녀석들이 불행해지면,

우리 가족에게도 안 좋은 일이 생길 것만 같은 생각이 언제부턴가 내 맘속에 자리 잡고 있었던 것 같다. 힘겹게 이어 가고 있는 우리 가족의 평화가 마침내 깨지고 말 거라는.

아이들이 학교 안으로 선뜻 들어가지 못하고 교문 앞에서 몇 명씩 군데군데 모여 수군거리며 서성대고 있었다. 왜 저러고들 있나 싶어 다가갔더니 교문 안쪽으로 선생님들이 일렬로 마주 보고 서 있었다.

선생님들은 등교하는 아이들과 일일이 하이파이브를 하려는 모양이었다. 그러니 아이들은 어느 열이든 한 열을 선택해서 그 열에 서 있는 선생님들과 차례차례 하이파이브를 해야 학교 안으로 들어갈 수 있는 것이었다.

"에이, 해 주지, 뭐. 따라와."

한 아이가 큰소리치며 씩씩하게 걸어 들어가자 다른 아이들도 서로 눈치를 보면서 뒤따라갔다. 나도 아이들 틈에 끼어서 들어갔다. 나는 담임이 없는 열을 선택해 하이파이브를 했다.

그런데 이건 뭐, 손이 얼음장같이 차가운 사람, 미적지근

한 사람, 난로처럼 뜨끈뜨끈한 사람, 땀인지 물인지 범벅이 돼 있는 사람, 부드러운 사람, 딱딱한 사람, 참 다양했다. 다른 건 다 참아도 손이 끈끈한 사람이 제일 싫었다.

어떤 아이가 스마트폰 앱으로 '사랑해♡'를 만들어 선생님들한테 흔들어 보이면서 들어가자 선생님들도 '사랑해♡'를 만들어 마주 흔들었다. 그러자 여기저기서 똑같이 만들어 서로 흔들어 보이는 풍경이 나름 따뜻해 보였다.

처음에는 뭐 하러 저런 건 해, 하면서 다들 성가셔하더니 그런대로 반응이 괜찮은 것 같다.

조례 시간, 오늘도 주리 자리가 빈 걸 보고 담임 얼굴색이 어두워졌다. 담임은 주리 뒷자리에 앉아 있는 수미를 쳐다봤다. 담임하고 눈이 마주치자 수미는 몹시 당황했다. 다른 아이들은 지레 담임과 눈이 마주칠까 봐, 고개를 돌려 버리거나 딴청을 부렸다.

담임은 승민이를 불러 세워 그날 무슨 일이 있었느냐고 물었다. 승민이는 아무 말도 못 하고 고개만 푹 숙였다. 담임은 분명 심상찮은 일이 있었다고 확신하는 얼굴로 수미에게 조금 뒤 자신이 나갈 때 교무실로 함께 가자고 했다. 수미 얼굴이 흙빛으로 변했다. 담임은 또 주리 집 아는 사람 있느냐 물었고, 아무도 대답이 없자 한숨을 쉬더니 나갔다.

담임을 따라갔던 수미가 눈이 빨개지고 부스스한 얼굴로 돌아왔다. 나는 할 수 없이 자리에서 일어났다. 주리 집을 알면서 모른 척할 수는 없는 일이었다.

교무실로 들어가려는데 담임 앞에 한 아주머니가 앉아 있었다. 두 사람은 얘기를 나누는 중이었다. 얘기가 끝나면 주리 집을 안다 하려고 문 옆에 서서 기다렸다. 담임 자리는 교무실 입구에서 가까웠고 거기서 하는 얘기는 죄다 들렸다.

그 아주머니는 주리 엄마였다. 주리 엄마는 마치 큰 죄라도 지은 사람처럼 담임 얼굴을 떳떳하게 마주 보지 못하고 고개를 숙이고 말했다. 주리 엄마는 주리가 초경 때문에 친구들한테 그렇게 창피를 당한 것, 학교를 이틀씩이나 빠졌다는 걸 전혀 몰랐다는 것이다. 지난 금요일에 주리가 조퇴 절차를 밟지 않고 갔다는 담임 전화를 받고 그저 몸이 좀 안 좋은 줄로만 알고 월요일부터는 꼭 학교에 나가라고 했고 주리도 그러겠다고 했다는 것이다.

담임은 문제는 정작 다른 데 있다면서 주리가 어린아이처럼 인형을 가지고 다니면서 주술적인 말을 하고 아이들과 전혀 안 어울리기 때문에 학교에서 심한 왕따를 당하고 있으며 점심도 매일 굶고 있는 걸 아느냐고 물었다.

주리 엄마는 그제야 동그래진 눈으로 담임을 쳐다보면서 사실이냐, 우리 주리가 정말 그러느냐고 물었고 담임이 그렇다고 하자 큰 충격을 받아 넋이 빠진 사람처럼 한동안 앉아 있다가 두 손으로 얼굴을 감쌌다.

학원에 들어서자 원장님이 반갑게 맞아 주었다. 원장님은 나를 데리고 강의실로 들어갔다. 강의실에는 나를 포함해 수강생이 열두 명 있었다. 중학교 2학년인 내가 제일 어렸다. 대학생, 젊은 직장인, 중년, 노년 등 연령대와 직업이 다양했고 남녀 비율은 반반 정도였다.

원장님은 나를 가운데 열 앞자리에 앉도록 안내했다.

"그러면 오늘 수업을 시작해 볼까요? 시작 전에 먼저 오늘 처음 온 수강생을 소개하겠습니다. 중학교 2학년이고요, 이름은 김시원이라고 합니다. 어른들 사이에서 수업을 받다 보니 한동안은 좀 어색하고 얼떨떨할 겁니다. 먼저 입문하신 선배님들께서 많이 도와주시고 지도해 주시기 바랍니다. 김시원, 일어나서 인사해야지."

원장님이 고개를 끄덕이자 나는 자리에서 억지로 일어났다. 인사를 하려면 돌아서야 했는데 고개를 돌리기도 전에 귓불부터 미리 달아오르더니 얼굴이 빨개졌다. 한마디도 못하고 우물쭈물하며 서 있자 수강생들이 우레와 같은 격려 박수를 쳐 주었다.

"예, 여러분 모두 기억하시죠. 지금 김시원 군의 모습은 바로 얼마 전 여러분들 자신의 모습입니다. 다들 처음에는 떨리고 사람들의 눈을 마주한다는 게 공포스럽기까지 하죠. 하지만 스피치 훈련을 통해 점점 그런 공포들을 극복하게 되는 겁니다. 시원아, 앉아."

복식호흡이라는 걸 처음 해 봤다. 복식호흡은 단전을 단련하는 호흡법으로, 이 호흡을 해야만 말을 할 때 숨이 차고 가슴이 막히는 걸 극복할 수 있다고 했다.

또 발음, 발성 훈련도 했다. 이 훈련을 오래하면 목소리에 힘이 생기고 정확하게 발음할 수 있다고 한다.

교재에 있는 자기 암시문 읽기 수업을 할 때에는 한 사람씩 연단으로 나가 마이크를 사용해서 읽기 발표를 했다. 선배들이 발표하는 모습을 보았다. 아주 잘하는 사람도 있고, 나보다는 나아 보였지만 떠듬거리는 사람도 있었다.

드디어 내 차례가 되어 연단으로 걷는데 속이 울렁거리고 길이 흔들거렸다. 숨이 차고 식은땀이 맹렬히 솟아나는 게 느껴졌다. 하지만 오늘 여기서 발표를 포기한다면 다시는 나를 세울 기회가 오지 않을 거라는 걸 잘 알고 있기 때문에 발표하다가 쓰러지더라도 해야만 했다. 다행히, 참 다행히도 여기 있는 사람들은 나하고 비슷한, 비슷했던 사람들 아닌가. 내가 유아처럼 글 배우는 아이처럼 숨을 몰아쉬며 읽고, 읽다가 멈추기를 반복하면서도 포기하지 않고 여덟 줄로 이루어진 암시문 문장을 다 읽고 나자 수강생들이 큰 박수로 격려해 주었다.

했어, 해낸 거야. 이렇게 남들 앞에서 책을 읽는 것, 초등학교 3학년 1학기 이후 처음이다. 비록 짤막한 문단 한 토막이지만 끝까지 다 읽었고, 사람들이 쳐다보고 있는데도 쓰러지지 않고 두 손으로 책을 들고 서서 읽어 낸 거야.

브라보, 마이 라이프!

어느 모둠에도 없는 아이

아이들이 웅성거려 돌아보니 주리가 교실로 들어오고 있었다. 주리는 오른쪽 손목에도 붕대를 감고 있다. 그러니까 양쪽 손목에 하얀 붕대를 감고 있는 것이다. 제 자리로 가서 앉기 전에 나를 한 번 돌아봤다.

주리가 누구를 돌아보는 일 따위, 여태껏 없었다. 내 기억에는 그렇다. 그런데 우리 반 아이들도 그렇게 생각하나 보다. 졸지에 주리의 시선을 따라 60여 개의 플래시가 한꺼번에 나를 향해 파바박 켜지는 느낌.

가슴께에서 생겨난 강렬한 전기 자극이 배꼽을 지나 허벅지로 종아리로 발끝으로 벼락처럼 빠져나가는 것이 선명하게 느껴졌다. 나는 얼른 창밖으로 시선을 돌려 버렸다. 나와는 상관없는 일이라는 걸 온몸으로 보여 주듯.

그때 건물 밖 어디선가 찢어지는 듯한 고함 소리가 들렸다.

"야, 이게 정말!"

화답이라도 하듯 뒤따라 들려오는 소리는 비명에 가까웠다.

"아악!"

잠시 후 이 교실 저 교실 문이 열리면서 아이들, 교사들이 뛰어 나가고 교무실에서 교감, 교장 샘이 달려 나오는 소동이 일어났다.

점심을 먹고 교실로 돌아오니 주리가 책상에 엎드려 있다. 초록색 책상 위에 놓인 두 개의 하얀 손목 붕대가 더욱 도드라져 보였다.

"너, 아침에 있었던 일 어떻게 된 건지 알아?"

역시 상모다.

아침에 들렸던 비명 소리의 주인공은 1학년 3반 여자아이란다. 그 애 별명이 울보대왕인데 초등학교 때는 왕따와 은따를 번갈아 가면서 당해 왔고, 중학교 들어와서부터는 왕따와 은따를 동시에 당하고 있다는 것이다.

그러던 어느 날부터인가 애가 학교에 안 나오려 하고 나와서도 교실에 안 들어가고 건물 주위를 배회하다가 학교 Wee클래스 상담을 받았는데 상담 교사가 Wee센터로 가 보기를 권해서 거기를 갔단다. 그런데 그 Wee센터에 갔다 온 게 아이들한테 알려지면서 아이들이 그 애만 보면 "Wee Wee Wee." 하면서 날갯짓하는 벌을 흉내 내며 놀려 댔다고 한다.

오늘도 학교에 와서는 교실로 안 들어가고 건물 뒤 담벼락 아래 숨어 있었는데, 담임이 조례 시간에 아이가 없는 걸 보고 반 아이 몇 명을 보내 찾아 오라고 했단다. 그런데 찾으러 간 아이들과 교실에 안 들어가겠다는 그 아이하고 몸싸움이 벌어져 서로 밀고 밀치는 과정에서 그 아이가 넘어지면서 담벼락에 머리를 부딪쳐 쓰러졌다는 것이다.

자는 줄 알았던 주리가 고개를 들더니 상모를 째려본다.

상모는 움찔하며 얘기를 멈춰 버린다.

"오늘 기술 시간은 자습이다. 반장, 잘 통솔해서 자습해."

종이 울리자마자 허겁지겁 들어온 담임이 아이들과 승민이를 둘러보며 할 말만 전달하고 바쁜 걸음으로 다시 나가자 아이들은 자습은커녕 삼삼오오 둘러앉아 오늘 학교에서 있었던 얘기를 하느라 북새통이다.

"야, 우리 담임이 뱃살 출렁이며 달려가는 거 보니까 심각한 모양이다."

상모가 킬킬거렸다.

"그야, 담임이 학생생활부장이니까 그렇지. 그런데 야, 구서방, 너 뭐 좀 아는 거 있냐?"

승보가 뒤에 앉아 상모를 불러 대며 묻자 상모는 주리 눈치를 보면서 아는 대로 또 주절주절 풀어놓았다.

1학년 3반 여자아이 뇌진탕 사건 때문에 교무실에 아이 부모와 교육청 사람들이 와 있다는 얘기. 아이는 바로 병원으로 실려 가 입원 중인데 담당 의사는 '뇌진탕 초기 증상'이라 다행히 한동안 안정을 취하고 치료하면 좋아질 거라 말했단다.

그런데 그 아이 가방에서 일기가 나왔고, 그 일기에는 왕따 당한 이야기가 자세하게 적혀 있다고 한다. 부모는 일기와 휴대전화 문자 메시지를 근거로 경찰에 즉시 신고했고, 그래서 경찰들도 지금 여럿 와 있다고 했다. 아이 상태가 좀 나아지면 진술에 따라 그 아이를 왕따시킨 아이들이 조사 받는 것은 물론 어쩌면 처벌을 받게 될지도 모른다는 것이었다.

어느새 상모 주위로 몰려와 얘기를 듣고 있던 아이들의 시선이 일제히 주리하고 수미한테 모인다. 주리는 자기 주위에서 어떤 일이 벌어져도 좀처럼 신경 쓰지 않는 아이지만 수미는 항상 주변에서 벌어지는 일에 민감하게 반응하는 아이라 이번에도 고개를 숙여 버린다.

"자, 일단 다섯 명씩 모둠을 만들어."

미술 샘이 과제를 내려고 모둠을 만들라고 지시하자 잠시 동안 아이들이 서로의 이름을 부르며 소란스러워졌다.

나는 상모가 급히 만든 모둠에 다른 세 명의 아이들과 함께 팀원이 됐다.

"송아야, 우리 모둠 할 거지?"

"엉."

정혜가 송아한테 묻자 송아도 좋다는 듯 고개를 끄덕인다. 쟤는 꼭 대답도 저렇다. "응." 하면 될 걸, "엉."이라니. 지가 뭐 조폭도 아니고.

"그러면 너랑 나랑 나경이, 유미, 이렇게 네 명이 되거든."

정혜는 벌써부터 수미가 자기를 보고 있다는 걸 뻔히 안다. 수미를 자기들 모둠에 넣어 줄 아이들은 따로 없고, 저희는 네 명이라 어차피 수미를 넣어야 다섯 명이 되는데도 수미 속을 까맣게 태우고 있는 것이다.

"다 만들었어?"

미술 샘이 아이들을 둘러보며 물었을 때에야 비로소 정혜는 수미를 돌아보며 인심 쓰듯 말했다.

"야, 허수에미 딸, 너도 우리 모둠 넣어 줄까?"

저 '허수에미 딸'이라는 별명, 내가 아는 별명 중 가장 듣기 거북하다. 쟤들은 저렇게 턱도 없는 별명을 허수미라는 이름과 연관 지어 부른다. '허수아비' 아들 '허수', '허수에미' 딸 '

허수미'라나 뭐라나. 정말 가당치도 않은 말이다.

"응, 고마워."

수미는 주리를 돌아봤다. 그때까지도 주리한테는 아무도 자기 모둠에 들어오라는 아이가 없었다.

"모둠이 만들어졌으면 모둠 이름부터 만들어. 그리고 각 모둠마다 화가를 한 사람씩 선정해서 그 화가의 생애와 작품에 대해 조사하고 연구한 다음에 PPT 자료로 만드는 거야. 그래서 모둠 대표가 그 자료를 발표하면 되는 거지. 그런데 혹시 어느 모둠에도 안 든 애 있니?"

수미는 애가 타는 표정으로 주리를 자꾸 보지만 수미 마음을 아는지 모르는지 주리는 고개를 숙이고 묵묵부답이다.

"선생님, 강주리는 모둠이 없어요."

결국 수미가 주리 대신 그 말을 해 주었다.

"그래? 한 팀 정도는 여섯 명으로 모둠을 만들어도 되는데 그랬구나. 강주리를 팀원으로 넣어 줄 모둠 있니?"

미술 샘이 아이들을 둘러보며 물었지만 아무도 대답이 없었다. 싸아했다. 갑자기 미술실에 찬 바람이 몰아친 것처럼.

그때의 아이들 표정이나 반응을 내게 묻는다면, 단순하게 회피하는 정도가 아니라 거부하는 분위기였다고 말해 주고 싶다. 수미 얼굴은 금방이라도 울음을 터뜨릴 것 같았다. 그런데 그러는 수미와는 대조적으로 주리는 자기 일인데도 오히려 편안하고 담담해 보였다. 주리는 정말 미스터리한 애다.

미술 샘은 당황한 얼굴로 아이들과 주리를 번갈아 보면서 말했다.

"오, 그래. 그러면 강주리는 다음 미술 시간에 나를 도와주는 걸로 모둠 과제 한 걸로 해 줄게. 그럼 됐지?"

가방을 덜 쌌다고 조금만 기다려 달라는 상모를 떼어 놓고 교실을 나와 1층 교장실 앞을 지나는데 화가 잔뜩 난 교장 샘 목소리가 복도까지 흘러나왔다. 그냥 가려다가 잠시 문 옆 벽에 기대섰다. 교장 샘은 앉아 있고 교감 샘하고 1학년 3반 담임은 교장 샘 앞에 서 있었다.

"송 선생님, 담임 아닌가요? 담임이 까맣게 몰랐다는 게 말이 된다고 생각해요?"

"그냥 애가 툭하면 울어 버리고 아무것도 아닌 일에도 잘

울다 보니 다른 애들한테 미움을 산다고만 생각했고, 이번 일도 Wee센터에 가서 좀 더 정밀한 진단을 받고 상담 받으면 좋을 것 같다는 생각만 했지, 거기 갔다 온 게 알려져 오히려 더 힘든 상황이 된 줄은 정말 몰랐습니다, 교장 선생님."

"좋아요, 그건 그렇다 쳐요. 그러면 애가 Wee센터에 다니게 된 건 다른 애들이 어떻게 알게 된 거죠?"

"그것도 사실은 잘 모릅니다. 다른 애들이 알면 상처받게 될까 봐, 저는 물론이고 입단속을 많이 시켰는데……."

"학교 폭력, 왕따 이런 문제들로 요즘 중·고등학생들이 자살하는 일이 얼마나 빈번합니까? 나는 이런 일들이 우리 학교하고는 거리가 있다고 생각했어요. 우리 학교만큼은 여러 선생님들의 애정 어린 지도 덕에 잘 유지되고 있다는 자부심을 갖고 있었는데 이런 일이 생겼으니……. 그런데 그 일기에 이름이 적혀 있다는 애들이 누구누군지는 아는 거예요?"

"그것도 모르겠어요. 아이들 대부분이 그 애를 꺼리다 보니 저로서는 누구라고 꼬집어 말할 수 없을 것 같습니다."

1학년 3반 담임 목소리는 모기 소리만 했고, 말이 끝날 때는 거의 울먹이고 있었다. 교감 샘이 말했다.

"경찰이 현재 일기 내용을 조사하고 있다고 합니다. 그런데 그 사람들이 수사를 하려면 우리한테도 내용을 알려 주고 협조를 구해야 할 겁니다, 교장 선생님. 그리고 긴급하게 내일 학교폭력대책자치위원회도 소집해 놨으니까, 거기서 함께 앞으로의 대책 같은 걸 의논해 보도록 하시지요."

"참 어처구니없네요. 어떻게 우리 학교에서 이런 일이."

이번에도 주리 승

옆 반에 갔다 온다던 상모가 빙글거리면서 돌아왔다. 뭔가 큰 비밀을 듣고 온 눈치다. 옆 반 친구 엄마가 학교폭력대책자치위원회 학부모위원이란다.

"야, 며칠 전에 사고 나서 병원에 입원한 애 있지? 걔 일기에 이름 써 있다는 애들 누군지 안다."

내가 돌아보니까 상모는 그거 봐, 궁금할 줄 알았어, 하는 얼굴로 피식 웃는다. 우리 반 소식통 상모 말을 들은 아이들이 쏜살같이 우리 옆으로 모여들었다.

그 애들은 1학년 3반 여짱하고 그 애의 셔틀인 여자애, 그리고 다친 애의 짝이라는 것이었다. 그 애들은 일기에 이름이 올라 있는 아이들이자 그날 그 아이를 찾으러 갔다가 몸싸움을 하는 과정에서 그 아이를 다치게 만든 장본인들이라는 것이었다.

그런데 그 애의 짝은, 자기 이름이 그 애 일기에 올라 있어서 경찰이 곧 불러 조사하게 될 거라고 담임이 알려 주자 교무실에서 쓰러졌다가 선생님들이 부축해서 겨우 일어났다고 한다. 그러고는 반 여짱 말을 안 들을 수 없어서 그 애를 왕따시키는 일에 동참했을 뿐 자기가 자발적으로 한 것은 아니라면서 통곡을 했다는 것이다.

또 여짱 말을 안 들으면 자기도 그 애처럼 왕따나 은따가 될까 봐 너무 무서워서 그런 건데 그것도 죄가 되느냐, 그러면 나는 감옥에 가야 하는 거냐면서 펄펄 뛰었다고 한다. 그렇게 일기에 이름이 올라 있는 세 명의 아이들은 사실상 다 자기들 잘못을 인정했고, 그 애들은 아마 다 전학을 가게 될 것 같다고도 했다.

그리고 다친 애는 이제 뇌진탕 증세는 사라졌지만 그동안

의 정신적 충격이 커서 병원에서 오래 입원 치료를 해야 하며, 아마 2학기는 돼야 학교로 돌아오거나 어쩌면 한 학년을 유급해야 할지도 모른다고 했다.

　교실을 나가면서 돌아보니 주리 혼자 앉아 있었다. 미술 시간인 거 잊었느냐, 안 갈 거냐, 물어 보고 싶지만 상모가 왜 빨리 안 나오느냐고 짜증이었다. 녀석은 먼저 가면 될 건데 꼭 길 모르는 아기처럼 붙어서 가려고 한다. 녀석이 없었어도 내가 말을 붙였을 건지는 자신 없지만.
　아이들은 모둠끼리 둘러앉아 발표 준비를 하고 있었다. 미술 샘이 발표를 진행시키려다 문득 무언가가 생각난 얼굴이다.
　"참, 이 반에 모둠에 속하지 않은 학생 있지 않았나?"
　수미가 이리저리 둘러보자 다른 아이들도 주리가 어딨는지 살폈다.
　"선생님, 강주리가 없어요."
　승민이가 자리에서 일어나 말했다.
　"응, 강주리였구나. 그런데 왜 없어?"

"안 왔나 봐요."

"모둠이 없어서 속상했나 보다. 반장, 강주리 데려와."

"예."

승민이가 나가고 나서 내가 속한 '폼생폼사' 모둠이 먼저 발표를 시작했다. 상모가 그렇게 이름을 짓자고 제안했고 반대하는 애들이 없어서 그렇게 정해진 것이었다. 상모 녀석, 자기 인생 철학이라나 뭐라나. 발표는 상모가 맡았다.

상모 PPT 발표가 거의 끝나 갈 무렵 승민이가 돌아왔다. 그런데 승민이는 숨도 제대로 못 쉬고 헐떡이면서 말했다.

"선생님, 주리가 없어요. 화장실하고 건물 뒤에도 가 봤는데 아무 데도 없어요."

미술 샘 얼굴이 하얗게 질리고 있었다. 나도 모르게 자리에서 벌떡 일어났다. 다른 아이들도 일어나고 있었다.

"내가 가 봐야겠어."

미술 샘이 달려 나가자 모두들 따라 나갔다. 우리는 여러 갈래로 나뉘어 주리를 찾으러 다녔다.

여자애들이 화장실을 훑으러 다니는 걸 보더니 승보하고 정민이 무리는 옥상 쪽으로 달려갔다. 미술 샘은 몇 명의 아이들을 데리고 건물 밖으로 나가는 것 같았다. 나는 상모하고 특별실들을 하나하나 살펴봤다.

1층부터 시청각실, 도서실, 컴퓨터실, 가사실까지 훑었지만 주리는 없었다. 2층으로 올라가 과학실, 방송실, 학부모 상담실, 학생 휴게실까지 살펴봤지만 거기에도 없었다. 마음이 조급해졌다. 무슨 일이라도 생기면……, 하는 못된 마음이 서서히 뱀처럼 똬리를 틀자 나도 모르게 가슴이 쿵쾅거리기 시작했다. 안 돼, 말이 씨가 된다고, 나쁜 생각이 나쁜 일을 만들어.

3층으로 통하는 계단으로 방향을 틀면서 모퉁이에 있는 Wee클래스가 눈에 들어왔다. 지금 Wee클래스 안에는 상담 교사만 있을 것이었다. 누가 요즘 같은 때 Wee클래스에 가려고 할까. Wee센터 갔다 왔다고 놀림 받은 아이가 다친 게 얼마나 됐다고.

3층 계단을 몇 개 오르다가 자석에라도 이끌리듯 다시 내려와 Wee클래스로 가 보았다.

나는 내 눈을 의심했다. 잠시, 아주 잠시 동안 내 눈에 헛것이 보인다는 생각도 했다. 그런데 아니었다. Wee클래스 유리문 안쪽에 주리가 앉아서 나를 빤히 쳐다보고 있었다.

너무도 당황스러웠다. 주리가 거기 있으리라고는 상상조차 못 했으니까. 무엇보다도 내 얼굴을 뚫어져라 보고 있는 주리와 눈이 정면으로 마주치자 내 얼굴은 금세 이글거리는 화로처럼 빨갛게 달아올랐다.

그 와중에도 주리 손목이 눈에 들어왔다. 이제는 붕대를 풀고 밴드가 붙어 있었다.

"왜 그러고 있어? 왔으면 들어오지. 어서 들어와."

갑자기 문이 열리면서 상담 샘이 나와 웃었다. 내가 이러지도 저러지도 못하고 쩔쩔매고 있는데 주리를 찾으러 다니던 송아하고 정혜 무리가 다가왔다.

"왜 그래, 거기 뭐 있어?"

Wee클래스 안에 있는 주리를 발견한 정혜 눈이 휘둥그레졌다. 송아하고 다른 아이들도 주리를 보더니 수선을 떨어댔다.

"자, 모두들 안으로 들어가자. 할 얘기 있으면 안에서 하면 되잖아."

상담 샘이 문을 활짝 열면서 말하자 아이들이 모두 안으로 들어갔다. 나도 따라 들어갔다.

"야, 여기 있었어? 그런데 지금 왜 여기 있어? 미술실에서
수업인 거 몰라?"

송아가 물었다. 쟤도 때와 장소 가리는 앤가 보다. 선생님
들 앞에서는 저렇게 사분사분하다. 목소리는 물론이고 표정
까지.

"알아."

주리는 아주 깔끔하게 대답했다. 군살이라고는 없이. 그래
서 당황하는 건 오히려 송아다. 화가 머리끝까지 난 얼굴이
지만 꾹꾹 눌러 참는 모습에 나도 모르게 웃음이 났다.

"야, 우리 공부도 못 하고 너 찾으러 여태 돌아다녔는데 너
왜 여기서 이러고 있어? 너 어떻게 된 줄 알고 우리가 얼
마나 찾아다녔는지 알아?"

정혜는 화가 잔뜩 난 목소리로 말했다. 정혜는 하던 대로
한다. 그런 거 보면 송아처럼 이중인격은 아닌 것 같다.

"왜?"

이번에도 주리 승.

모두들 토끼 눈이 돼 더 이상 뭐라고 말을 할 수가 없는 표

정들이다. 그러게 나처럼 가만있지, 이기지도 못하면서 뭐
하러 그래?

상담 샘이 아이들 사이에 끼어들어 말했다. 주리는 지금
몸이 좀 안 좋아서 여기 와 있고 미술 수업에는 참석할 수 없
을 것 같으니까, 자신이 미술 교사에게 상황을 말해 주겠다
고. 그러니 너희는 어서 가는 게 좋겠다고.

유리문을 밀고 들어서다가 사무실을 나오는 원장님과 마
주쳤다. 원장님은 나를 보자 무척 반가워했다.

"요즘 시원이 하루하루 달라지고 있는 거 스스로도 느끼
지?"

"무슨?"

"너, 하루도 안 빠지고 열심히 나오잖아. 게다가 엄청난 열
정까지 지녔으니 날마다 비약적으로 좋아질 수밖에 없는
거야. 첫날 너 여기 왔던 거 생각해 봐라. 발 들여놓는 것
조차 두려워했던 거 기억나냐? 하지만 이제는 하루가 다르
게 나아지고 좋아지는 게 눈에 보인다는 거지."

"감사합니다, 원장님."

"자, 수업하러 들어가자."

내가 생각해도 이제는 간단한 문장 정도 말하는 데 별 부담이 없어졌다. 물론 그렇게 말하기 위해 호흡도 조절해야 하고 단전에 힘도 줘야 한다. 엄지발가락에도 단단히 힘을 넣고 줄곧 자기 암시도 해야 한다. 하지만 어때. 이제는 이렇게 내가 나를 조절하기만 하면 조금씩 조금씩 좋아질 수 있다는 걸 알고 있고, 또 그렇게 되고 있는 중인데.

복식호흡을 연습하고 발음, 발성 훈련도 했다. 다 함께 책도 읽고 한 사람씩 나가서 자기 암시문 읽기, 시나 연설문 읽는 발표를 했다.

수업이 끝날 무렵이면 수강생 전원이 순서대로 3분 스피치를 하는데 3분이 정말 부담스러운 사람이나 초보자들은 1분 스피치를 하기도 한다. 나는 처음 학원을 나온 날부터 지금까지 1분 스피치를 하고 있다. 사실 내겐 1분 스피치도 아직 어렵다. 걷기도 어려운 사람한테 뛰라고 하면 쓰러지기 마련.

하지만 3분 스피치 시간이 돌아오자 원장님이 오늘부터는 나도 3분 스피치를 하라고 했다. 그러고는 모두에게 이렇게 말했다.

"3분 스피치는 스피치의 노른자, 엑기스라고 할 수 있어요. 처음에는 힘들고 어렵겠지만, 그래도 이 3분 스피치만큼은 절대 빠뜨리지 말고 끊임없이 해야 합니다. 무대에 서서 발표를 하다가 수없이 얼굴도 빨개지고 깨지기도 하면서 맷집이 생겨나 어느 순간 사람들의 시선으로부터 자유로워지게 되는 법이거든요. 생각해 보세요. 권투 선수도 처음에 상대로부터 맞았을 때는 많은 상처가 나고 쓰러지기도 했을 거예요. 하지만 맞고 다치고 하면서 맷집이 쌓여 나중에는 챔피언으로 성장하는 거 아니겠습니까?"

맞아, 원장님 말씀이. 좋아, 해 보는 거야. 안 되는 게 어딨겠어. 이 김시원이 하겠다는데.

내 차례가 돼 3분 스피치를 하려고 연단 앞에 섰지만 1분도 아니고 3분을 할 생각을 하니 갑자기 막막해졌다. 그래서 잠시 멍하니 서 있는데 이런 생각이 떠올랐다. 까짓, 되든 안 되든 해 보는 거지, 뭐.

그렇게 시작해서 스피치를 하는 동안 여러 번 말도 꼬이고 얼굴도 빨개지고 해야 할 말의 순서를 잊어버려 한심할 정도

로 떠듬거렸지만 나는 다시 순서를 되찾아 이어 나갔고 결국
에는 3분 스피치를 마칠 수 있었다.

집으로 돌아오면서 스피치가 은근히 재밌다는 생각을 했
다. 해 볼 만하다는 생각. 운동화가 그 사이에 많아 닳았나,
오늘따라 왜 이렇게 가볍지, 하는 생각. 왠지 모르게 늘 우울
하게만 보이던 거리의 사람들이 오늘은 날 보고 환하게 웃고
있는 것 같다는 생각.

참 이상하다, 이런 적 없었는데. 오늘 저녁에 내가 뭘 먹었
더라? 아무래도 저녁을 잘못 먹은 것 같아.

이제 민물게 따윈 안 키워

중간고사가 끝났다. 홀가분하다. 가방을
챙겨 들고 자리에서 일어났다.

"저기, 시원아. 너한테 할 얘기 있으니까 애들 다 나갈 때
까지 조금만 기다려 주면 안 돼?"

송아였다. 할 얘기가 또 있다고? 뭔데, 할 얘기가 뭐냐고.
아, 됐어, 듣고 싶지도 않아. 안 들어. 이런 애들은 그냥 무시
해 주는 게 최고야. 내가 말로 당해, 힘으로 당해.

길을 막고 선 송아를 피해 걸어 나가려는데 송아가 두 팔

을 벌려 앞을 가로막아 버린다.

"할 얘기 있다니까!"

그래도 무시하고 가려는데 상모가 귓속말을 했다.

"야, 성질 죽여. 너 오늘 그냥 나가 버리면 뭔 일 날 것 같다. 표정 봐, 장난 아니지."

그러고 보니 그렇다. 상모 말을 듣고 슬쩍 돌아봤더니 눈빛은 이글이글거리는데 얼굴은 곧 울어 버릴 것만 같은 묘한 분위기다. 나한테 왜 이러는데. 나 빨리 가서 자고 싶다고.

반 아이들이 다 나가고 나하고 상모만 남자 송아는 턱짓으로 상모더러 나가란다. 상모는 얼른 말귀를 못 알아듣는다.

"뭐?"

"야, 이 등신아. 나가 있으라고, 당장 꺼지라고!"

상모 얼굴이 빨갛게 변한 건 처음 봤다. 상모는 뒤도 안 돌아보고 달려 나갔다.

송아는 가방에서 예쁜 종이로 포장된 뭔가를 꺼내더니 나한테 내밀었다.

"내일 니 생일이지?"

얘, 참 웃긴다. 아니, 내 생일은 또 어떻게 안 거야? 상모도 모를 텐데. 질기다, 정말 상상이 안 간다.

"미리 축하해 주고 싶었어. 받아 줄 거지?"

어이없다. 왜 내가 니 선물 받아야 되는데?

가로막고 선 길을 돌아서 지나가는데 송아가 얼른 내 뒤쪽 옷자락을 움켜잡았다.

"너, 끝까지 나 무시하는구나. 그래, 좋아. 뭐 그럴 수도 있지."

뭐야, 돌아볼 수도 없고. 우는 거야, 애가? 목소리에 울음기가 묻어 있다.

"나는 니가 좋은데 넌 내가 별론가 보다. 하지만 뭐, 그래도 난 괜찮아. 니가 날 좋아할 때까지 기다리면 되니까."

"미안."

왜 불쑥 미안하다는 말이 나왔는지 모르겠다. 그렇지만 그 말 정도는 해 줘야 내가 나쁜 사람이 아닐 것 같았다. 사람이 사람을 좋아하는데 이유가 있을까. 그렇다면 내가 싫다고 해도 송아가 좋아한다면 인간에 대한 예의로서 그 정도는 대답해 줘야 할 것 같다는 생각이 들었다면 해답이 될까.

상모는 교실 문 앞에서 나를 기다리고 있었다. 녀석, 송아가 하는 말들 하나하나 귀담아듣고 싶었겠지. 그게 비록 제 욕이었더라도. 녀석도 꽤 어려운 외사랑 한다. 알고 보면 은 근히 지고지순형인가 보다.

약국 앞이다. 엄마가 오라고 했다. 내일이 내 생일이고, 마침 오늘 중간고사 치르고 일찍 수업이 끝나니까 선물 사 주겠다면서. 선물 같은 거 필요 없다고, 갖고 싶은 거 따윈 하나도 없다고 했는데도 굳이 나오라고 우겨서 지금 약국 앞에 서 있다.

조금 조용한 시간대라 그런지 엄마는 팔짱을 끼고 의자에 앉아 있다. 어떤 생각에 잠긴 채 유리창 너머 길 건너 어떤 지점을 의미 없이 물끄러미 바라보고 있다. 참 행복하지 않은 얼굴이다.

유리문을 열고 들어갔다. 풍경 소리에 엄마가 돌아보더니 얼굴에 미소를 만든다. 엄마는 일어나 약사 가운을 벗더니 옷걸이에 걸어 놓고 손지갑을 챙겨 들고 나온다. 내가 잠시라도 약국에 머무는 걸 싫어한다는 걸 엄마는 알고 있다.

엄마가 나를 데려간 곳은 반려동물 용품 전문 매장이었다.

수족관과 물고기는 물론 햄스터, 기니피그, 곤충, 달팽이, 파충류, 민물게 등 다양한 애완동물을 파는 곳이었다. 엄마는 내게 동생들 같았던 돌이하고 순이 대신 다른 민물게를 사 주고 싶었던 모양이다.

내가 기겁을 하면서 돌아 나오자 엄마는 의아한 눈으로 따라 나왔다.

"너 민물게 좋아하잖아?"

"안 키워요. 이, 이제 민물게 따윈."

"정말야?"

"예."

"왜? 그렇게 좋아하더니."

"……."

엄마는 그러면 옷을 사 주겠다면서 백화점 쪽으로 발걸음을 옮겼다. 내가 그것도 싫다고 하자 난처한 얼굴로 나를 본다.

"맛난 거라도 먹으러 갈까? 뭐 먹는 게 좋지, 음."

"배 안 고파요."

"그럼 어쩌겠다는 거야?"

"······."

엄마는 화가 난 것 같았다. 이것도 싫다, 저것도 싫다. 그래, 내가 엄마라도 나처럼 하면 화가 날 거야. 이해해, 충분히. 하지만 내가 왜 이러는지 나도 모르겠다. 아아, 이게 아닌데, 이러면 안 되는데. 모르겠다, 내 맘.

"좋아. 그러면 니가 하고 싶은 거 하자. 뭐 할까, 우리."

"그, 그냥 집에."

"가, 집에. 먼저 가 있어."

또각또각 하이힐 소리와 함께 단호한 걸음으로 사라지는 엄마의 뒷모습에 노기가 잔뜩 묻어 있었다.

주리 집 앞을 지나치지 않으려고 길을 조금 돌아 미니 공원 쪽으로 해서 집으로 가고 있었다. 공원 부근을 지나는데 은은한 등나무꽃 향기가 코를 간질였다.

보라색 꽃에서 나는 보라색 향기. 보라색은 이름도 색깔도 그 이름에 담긴 메시지 코드도 예쁘다. 아니, 아름답다고 표현하고 싶다. 그래서 내가 좋아하는 것이겠지만.

그런데 등나무 밑에 누군가 앉아 있다. 체격이 가늘고 호리호리하다. 인형을 품에 안은 하얀 얼굴의……, 주리다.

놀라서 내가 발걸음을 멈추고 그 자리에 우두커니 서 버리자 주리가 자리에서 일어나 걸어오고 있었다. 내 앞으로, 나를 뚫어져라 쳐다보면서.

말문이 막히고 숨이 답답해 왔다. 머릿속이 하얘지고 눈앞에 벌집 같은 노란 직육면체들이 어지럽게 떠다니기 시작했다. 주리가 저렇게 걸어와 내 앞에서 딱 멈춰 선 채 나를 빤히 본다면 한마디도 못 할 것 같았다.

하지만 예전의 나, 옛날의 그 김시원이 아니지. 나는 지금 스피치 학원을 다니고 있어. 게다가 나는 날마다 점점 좋아지고 있거든. 해 보자, 부딪쳐 보는 거야.

자, 자기 암시문 발동. 단전에 힘을 주면서 복식호흡!

효과가 바로 나타나는 것 같다. 마음이 가라앉고 생각들도 좀 유연해진다. 벌집도 사라지고 다리에도 힘이 생겨났다.

내가 마주 걸어가자 주리가 그대로 멈춰 섰다.

"여기 올 줄 알았어."

얘는 매일 올 줄 알았대, 아니면 그럴 줄 알았다, 하고. 말을 해도 꼭 무슨 점쟁이같이 한다. 말투도 구불구불한 나무

지팡이를 짚고 구름을 등에 지고 선 선지자 같고. 주리가 등나무 밑 벤치로 가 앉아서 나도 옆으로 가 앉았다. 양쪽 손목에는 여전히 밴드가 붙어 있었다.

"그거 왜 그래?"

나는 조심스럽게 물어 봤다. 혹시 버럭 성질이라도 내면 어쩌나 하는 생각. 또 말하기 싫을 수도 있는 거니까.

역시 괜히 물었다. 싫어하는 질문이 확실하다. 아무 말도 안 하고 잠자코 앉아 있다. 어쩌지, 미안하다고 할까. 그렇게 마음을 졸이고 있는데 주리가 말을 시작했다.

"이런 말, 첨 하는 건데. 사실 우리 엄마도 모르는 일이거든. 엄마한테도 한 번도 말한 적 없어. 내가 저번에 물었지? 독심술, 염력 그런 거 믿느냐고, 영하고 대화해 본 적 있느냐고. 그런데 나 그런 거 한다. 사람을 보면 마음을 다 읽을 수 있고, 내가 맘만 먹으면 염력으로 어떤 사람을 다치게 할 수도 있어. 난 비도 오게 할 수 있어. 그리고 이 인형, 우리 롱롱이 영하고 대화도 할 수 있고. 우리 롱롱이한테는 어떤 아기 영이 들어가 있어. 돌아가신 우리 외할머니가 내 생일 선물로 사 주신 인형인데 어느 날부턴가 나한테 말을 걸기 시작했고. 그때부터 지금까지 우린 맘을 터놓고 무슨 얘기든 하는 사이야."

독심술, 염력, 영과의 대화. 말도 안 된다. 그야말로 얼토당토않은 소리다. 날더러 그걸 믿으라고? 하지만 이가 덜덜 떨리고 손발이 점점 저려 왔다. 정수리가 찌릿찌릿해지더니 어깨까지 서늘해졌다.

"내가 보기엔 아닌 거 같, 같은데 왜 그런 생각을 하게 됐어?"

"네가 올 거라는 걸 내가 알고 있었잖아, 그러니까 독심술하는 거고. 또 내가 어떤 생각을 하면 물건이든 일이든 그렇게 움직여져. 그래서 내 손목도 이렇게 된 거고. 화가 나서, 화가 났다고 염력으로 다른 사람을 다치게 하면 안 되니까, 그런 맘먹으면 나쁘니까, 내 손목을 대신 아프게 한 거야. 또 우리 룽룽이, 하루도 내 손에서 떼어 놓은 적 없는 앤데, 내 하나밖에 없는 친구이자 형제처럼 아끼는 애지만, 애는 자꾸 나를 나쁜 쪽으로 끌고 가려는 게 문제야. 그래도 난 나쁜 사람 되는 게 싫어서 애 말을 보통 안 들어줘. 애 말대로 하면 다른 사람이 다치게 되거든. 하지만 아주 가끔씩 화가 잔뜩 날 때면 롱롱이 말을 듣고 싶을 때도 있긴 해."

집으로 어떻게 돌아왔는지 모르겠다. 돌아오면서 주리가 한 말들을 수십 번 되돌려 봤다. 아무리 생각해 봐도 정말 말도 안 되는 얘기들이다. 그런 건 죄다 미신이다. 독심술, 염력, 영과의 대화. 이런 건 괴기소설에 단골로 등장해 사람들의 흥미를 잔뜩 돋우는 얘기지, 사실은 아닌 것이다. 허구다, 허구.

그런데 주리는 왜 그런 생각을 하게 된 걸까, 어쩌다 그런 걸 믿게 된 걸까.

그래, 주리는 오랜 세월 거의 혼자서만 지내다 보니 영화나 소설 속 내용을 현실에 있는 것처럼 생각하게 된 거야. 그러다가 우연히 자기 생각하고 맞아 떨어진 일들을 연결시켜 보면서 봐라, 맞잖아, 내게 이런저런 능력이 있는 거야, 하고 그걸 믿게 된 게 분명하다.

주리를 도와줄 사람이 필요해. 주리를 혼자만의 세계에서 밖으로 이끌어 내 줄 사람이. 나 또한 혼자서는 표현언어장애를 고칠 수 없었다. 아무런 방법이 없어 보여 얼마나 암흑 같은 시간을 힘들게 보냈었던가. 하지만 스피치를 통해 나는 한치 앞도 보이지 않았던 어둡고 긴 터널을 지금 막 벗어나고 있는 중이다.

문자 메시지가 왔다. 상모 거다. 내일이 내 생일인지 몰랐는데 송아 때문에 알게 돼 미안하다는 내용이다. 그리고 다른 아이들 몇몇에게도 얘기해 났으니 내일 선물이 좀 들어올 거란다.

애는 '너스레 부문' 기네스북에 오르고도 남을 자식이다. 누가 저더러 그래 달래? 누가 저더러 그딴 거 알려 달라고 부탁했느냐고.

생일빵

담임이 교실로 들어오면서 나를 봤다. 교
탁 앞에 서면서 또 쳐다봤다. 그런 담임 표정이 착잡하다. 담
임은 아이들을 둘러보면서 뜸을 조금 들이더니 이번 중간고
사에서 내가 전교 18등을 했으며 반에서도 4등이라고 했다.
따라서 당연히 우리 반 등수도 2학년 전체 꼴찌라 했다. 아
이들이 일제히 나를 쳐다보면서 우-우-, 하는 소리를 냈다.
자기들도 믿을 수 없다는 얼굴들이다. 그런데 내가 어떻게
그 말을 믿을 수 있을까.

나는 담임을 쳐다봤다. 그렇게 말하는 담임 얼굴이 너무 비현실적으로 느껴졌다. 그럴 수는 없지. 초등학교 때는 물론이고 중학교 들어와서도 1학년 내내 전교 1, 2등을 놓쳐 본 적 없다. 당연히 반에서는 1등이었고. 그런데 전교 18등이라고. 반에서조차 4등?

그때 갑자기 아빠가 교실로 들어오면서 잔뜩 실망한 얼굴로 나를 본다. 뒤따라 엄마도 들어온다. 엄마는 슬픈 얼굴이다. 안 돼, 엄마를 슬프게 할 순 없어.

놀라서 일어나 보니 꿈이었다. 온몸에 식은땀이다. 그런데 아무리 꿈이라 해도 상당히 기분이 우울해진다.

주방으로 갔다. 식탁 위에 하얀 봉투가 있었다. 열어 보니 5만 원권 지폐 두 장과 생일 축하 카드가 들어 있었다. 오랜만에 엄마 손글씨를 보니 마음이 짠하다.

"원아, 생일 축하해. 어제 엄마가 마음 상했던 일이 있어서 널 만나서도 기분 좋게 해 주지 못했던 것 같아. 미안하고 사랑한다. 사고 싶은 거 있으면 사. 그리고 돈 필요하면 언제라도 말하고."

아빠 방에서는 코고는 소리가 요란하다. 아빠는 내 생일은 물론 엄마 생일, 결혼기념일, 심지어는 당신 생일조차 모른다. 아빠는 어떻게 교수가 될 수 있었을까. 어떻게 수의사는 됐고.

일부러 등교도 늦게 했고 노는 시간마다 밖으로만 나돌았다. 상모 녀석이 한 말이 있어서, 생일이니 선물이니 하며 이상한 분위기 만들어 사람 놀리는 데 휩쓸리기 싫어서였다.

아니나 다를까, 오전 내내 상모 녀석이 나만 보면 제 가방에서 뭔가를 꺼내 주려다가 교과 선생님들이 들어오는 바람에 얼른 다시 제 가방으로 집어넣고 하기를 반복했다.

점심 먹고도 운동장으로 나가고 있는데 상모가 억지로 나를 끌면서 교실로 바로 가자고 했다. 몇 번 저항해 봤지만 워낙 완강하게 끌어당기는 바람에 다른 아이들 보기에 창피해서 그냥 교실로 왔다.

그런데 웬일인지 이 시간에 대부분의 아이들이 교실로 돌아와 있었다. 분위기를 살피면서 자리에 앉는데 상모가 생일 선물이라며 포장된 물건을 불쑥 내밀었다. 얼떨결에 받아 든 선물을 책상 위로 내려놓는데 송아가 속상한 얼굴로 나를 쏘아보고 있었다.

그때 정민이가 다가왔다. 늘 배시시 웃고 있지만 머릿속에서는 계산기를 두드리는 게 다 읽히는 녀석이다. 녀석 눈동자가 그 수를 다 드러내고 있다.

"야, 쏘 쿠-울, 너 오늘 생일인가 보다. 넌 우리 생일빵 멤버는 아니지만 그래도 생일빵도 없으면 니가 무지 섭섭할 거니까, 이 형님들이 선물로 해 줄게."

다들 말을 맞춰 놓았는지 정민이 말이 끝나자마자 와자하게 나를 둘러싼다. 상모도 웃으면서 사이에 끼어들고 있었다. 남자애 두어 명만 빠지고 죄다 모여든 것 같았다. 물론여자애들은 없었다. 둘러보니 승보도 있었다.

"하지 마!"

내가 자리에서 일어나며 말했다.

"생일!"

승보가 선창을 하면서 내 등을 내리쳤다.

"빵!"

아이들이 후창을 하면서 내 어깨며 머리며 팔뚝을 내리쳤다. 무수한 주먹들이 나에게로 쏟아졌다.

"하지 마, 하지 마!"

내가 아이들을 밀어내면서 소리쳤지만 소용없었다.

"생일!"

이번에는 발길질을 하려는지 승보가 선창을 하면서 발을 들어올렸다. 무조건 피해야겠다는 생각으로 뒷걸음질을 치다가 나는 그대로 넘어지고 말았다. 그런데 넘어지면서 책상 모서리에 뺨이 긁히고 오른손 새끼손가락이 부러지는 사고를 당하고 말았다.

담임 차를 타고 병원으로 갔다. 오른쪽 뺨에는 생각보다 깊은 상처가 나 있었다. 의사 선생님은 잘못하면 흉터가 남을 수도 있다면서 몇 바늘 꿰매고 약을 발라 큰 사각 밴드를 붙여 줬다. 그러고 나서 손가락에도 깁스를 했다.

깁스 작업이 거의 끝나 갈 때쯤 엄마가 왔다. 담임한테 전화로 상황 설명을 듣고 왔는지 내게는 아무것도 묻지 않았지만 담임을 보는 눈빛이 싸늘했다. 화가 많이 났을 때, 화를 꾹 눌러 참고 있을 때 엄마는 입술을 꼭 깨물고 눈을 가늘게 뜨는 버릇이 있는데 방금 들어서는 엄마 표정이 그랬다. 엄마하고 담임은 나를 남겨 두고 밖으로 나갔다.

"어머님, 이건 그저 애들끼리 친구 생일날 장난으로 해 주는 '생일빵' 놀이를 하다가 난 단순한 사고일 뿐입니다. 그렇게 이해해 주시는 게 좋겠습니다. 치료비는 물론 학교에서 부담하겠습니다."

"지금 치료비가 문젭니까? 이건 엄연히 학교 폭력이라고요. 애가 학교 폭력으로 저렇게 다쳤는데 사건을 축소하고 싶다, 이 말씀하시는 건가요?"

"학교 폭력이란 말씀은 너무 심하십니다. 이건 정말 단순한 애들 장난입니다. 친한 친구끼리 생일날 돌아가면서 그렇게 해 주는 식이죠. 따지고 보면 아이들이 일부러 다치게 하려고 그런 것도 아니고 시원이가 애들을 피하다가 이렇게 된 거거든요. 그러니……."

"뭐라고요. 그럼 우리 시원이가 폭력을 피하다가 다친 사고니까, 우리 애한테 잘못이 있다. 뭐, 이런 논리인 거예요, 지금?"

"어머님, 논리를 너무 비약하십니다."

"이건, 분명 놀이를 빙자한 엄연한 학교 폭력이라고요."

엄마는 얼굴이 하얗게 질려 있었다. 화가 많이 난 거다. 전교 일등인 잘난 아들이 학교 폭력을 당했다는 게 믿을 수가 없는 모양이었다.

로비에 있는 사람들이 수군거리며 얘기를 엿듣고 있었다. 나도 그 사람들처럼 엿듣고 있었다. 다가갈 수도, 피해서 도망칠 수도 없어서. 원무과에서 김시원 환자와 보호자는 원무과 계산대로 오라는 원내 방송이 나오고서야 엄마하고 담임이 자리에서 일어났다.

약국 문을 일찍 닫았는지 엄마가 저녁 먹기 전에 돌아왔다. 엄마는 도우미 아주머니가 준비해 놓고 간 식사를 챙겨 나를 불렀다. 한동안 아무 말 없이 밥만 먹던 엄마가 드디어 말을 꺼냈다.

"진짜 놀다가 그런 거야?"

"예."

"그러지 말고 자세하게 오늘 일어났던 일 얘기해 봐. 그래야 내가 학교 폭력인지 아닌지를 판단해서 경찰에 신고하든지 아니면 학교 가서 사과를 받아 내든지 할 거 아니겠어? 이런 일은 신속하게 해결 봐야지, 오래 끌면 유야무야 넘어가게 마련인 거야."

"……."

"왜, 너, 이번 일로 학교에서 왕따 당할까 봐 그래?"

"……."

"답답하다, 말 좀 해 봐. 아무리 놀다가 그런 일이라지만 애들이 한 행위에 폭력성이 있었는지 고의성이 있었는지도 내가 판단해야 한다니까."

"그, 그런 거 아녜요."

"얘가, 얘가. 그러니까 오늘 있었던 그대로만 얘길 해 보라니까."

"……."

엄마는 냉장고에서 냉수를 꺼내 벌컥벌컥 마셨다. 그래도 속이 안 풀리는지 냉동실에서 얼음을 꺼내더니 냉수에 가득 채워 단숨에 또 한 컵을 비웠다. 내가 아무 말도 안 하니까, 엄마는 얼마나 속이 탈까.

내가 하기 싫어서 안 하나. 나도 말하고 싶어. 선은 이렇고 후는 이렇다고 수다쟁이처럼 늘어놓고 싶다니까. 하지만 이런 분위기에서 말을 시작해 봤자 말더듬이처럼 어버버거리다가 끝나 버리고 말 텐데. 그러면 엄마는 또 얼마나 놀랄까. 얼마나 슬퍼하겠느냐고.

엄마는 내가 이런 상태라는 걸 모르니까, 내가 남들 앞에서 말도 잘 못 하고 산다는 걸 모르니까.

승민이가 나더러 교무실로 가 보라고 했다. 엄마가 왔나 보다.

교무실 입구에서부터 엄마의 카랑카랑한 목소리가 들려왔다. 태어나서 처음으로 들어 보는 엄마의 고함 소리다. 엄마는 마치 물을 만난 물고기 같다.

들어가 볼 수도 돌아가 버릴 수도 없어서 고개만 살짝 내밀어 교무실 안을 들여다봤다. 교무실 안 회의용 테이블 앞에 교장, 교감 샘이 나란히 앉아 있고 담임하고 엄마가 나란히 앉아 얘기 중이었다.

"어머님 속상한 마음이야 충분히 알겠지만 일부러 그런 것
도 아니고 놀다가 그런 걸 가지고 처벌까지 한다는 건 같
은 부모 입장에서 좀 어렵겠습니다. 그리고 사실 생일빵은
시원이만 당하는 게 아니라 생일빵에 참가한 아이들 모두
가 자기 생일에 똑같이 당하게 되는 놀이라고 보시면 꼭 이
해 못 할 것도 아닙니다."

교장 샘이 정중하게 말했다.

"아니, 그럼 아이들끼리 놀다가 아이가 죽어도 그런 말씀
하시겠어요? 아이가 손을 다쳐서 다행이지 혹시 쓰러지다
가 머리라도 다쳤다면 어쩔 뻔했습니까? 학교에서 아이들
을 나무라지는 않고 이렇게 오냐오냐 역성을 들면서 부추
기는 격이니 자꾸 이런 문제가 생기는 거 아닌가요? 얼마
전에 반에서 왕따 당하던 1학년 아이가 크게 다친 일도 있
었다고 알고 있습니다만."

그때 교무실로 들어가려던 미술 샘이 내 등을 툭 쳤다. 여
기서 왜 이러고 있느냐면서. 할 수 없이 교무실로 들어섰다.
담임이 나를 보더니 엄마 맞은편에 가서 앉으라고 했다.

내가 앉자마자 교장 샘이 물었다.

"혹시 평소에 너를 때리거나 못살게 구는 아이가 있었니?"

"아뇨."

"그러면 이번 일, 아이들이 너한테 폭력을 휘두른 거라고 생각하니? 네 생각을 말해 봐."

"아닙니다."

"알았어. 됐다, 교실로 돌아가."

교장 샘은 나를 보며 고개를 끄덕였다. 나는 일어나 교무실을 나왔다. 하지만 엄마를 거기 두고 교실로 돌아갈 수 없었다.

잠시 아무 말도 않고 있던 교장 샘이 엄마한테 말했다.

"어머님, 어쨌든 우리는 이번 일로 아드님이 다치게 된 데 대해 큰 책임을 느끼고 죄송하다는 말씀드리겠습니다. 거기에 따라 아이들에게 학교 폭력 발생 시 받게 되는 처벌에 대한 교육을 더욱 강화시켜야 한다는 데 의견을 모았어요. 학교폭력대책자치위원회도 열어 관련 아이들에 대한 처벌 수위도 한번 의논해 볼 예정입니다. 그러니 저희를 믿으시고 댁으로 돌아가 계시면 일의 처리 과정을 중간중간 알려 드리겠습니다."

교감 샘이 끼어들어 거들었다.

"그렇게 하시죠, 어머니. 이런 일로 장래가 구만 리 같은 아이들을 경찰에 넘길 수는 없잖습니까?"

"일단 지켜보죠."

그 말을 남기고 엄마는 일어났다. 교장, 교감 샘이 엄마한 테 공손하게 인사를 하고 교장실로 건너가자 담임이 엄마를 자기 자리로 데리고 갔다.

"어머님, 이런 얘기 참 망설여집니다. 하지만 어머니께서 너무 모르시는 것 같아 말씀을 안 드릴 수가 없습니다."

"무슨?"

"혹시 시원이한테 표현언어장애가 있다는 걸 알고 계신가 요?"

"예? 무슨 장애요?"

"시원이한테는 표현언어장애가 있습니……."

엄마는 몹시 불쾌한 목소리로 담임 말을 자른다.

"선생님, 말씀이 너무 지나치지 않으세요? 표현언어장애 라니요. 우리 애가 말을 많이 안 하고 수줍음이 좀 많을 뿐

인데, 자라나는 애한테 그런 심한 말을……, 장애라니!"

"모르시는 것 같아 많이 망설이다 말씀드리는 겁니다. 하지만 분명한 사실입니다. 제가 이런 얘기, 부모님들께 욕먹으면서도 해 드리는 건 부모님들께서 관심을 가지고 도와주셔야 하기 때문입니다. 또 고쳐야 할 것들은 다 때가 있는 거니까요. 너무 늦으면 안 되니까요."

"우리 시원이가 어, 어떻게 하는데 그런 판단을."

"시원이는 친구들 사이에서 의사소통에 문제가 있는 건 물론이고 수업 시간에도 발표를 전혀 못 합니다. 1학년 때부터 시원이가 공부를 잘하다 보니까, 1학년 초에 선생님들이 이 아이는 당연히 발표도 잘하겠지, 하는 생각에 이런저런 질문을 했다가 아이가 얼굴이 새빨개지면서 한마디도 못 하고 쩔쩔매기만 하는 상황이 빈번이 생기면서 더 이상은 질문 같은 걸 안 하게 됐습니다. 언젠가 한 번은 그런 상황에서 시원이가 호흡장애로 쓰러지기까지 했어요. 그래서 119를 불렀는데 실려 가기 전에 괜찮아져서 병원까지 가지는 않았습니다. 그 일이 학교 전체에 알려지고 나서부터 교사 아무도 시원이한테 질문하거나 발표를 시키지 않아요. 그러다 보니 학교에서도 친구가 없습니다."

"……."

엄마는 갑자기 울음을 터뜨렸다.

"부모님들은 세상에서 당신 자식을 제일 잘 아는 것처럼 생각하지만 말씀을 나누다 보면 가장 모르는 사람이 부모님들이란 생각이 들 때가 참 많습니다."

달렸다. 세상을 피해서. 세상 모든 걸 피해서. 있는 힘을 다해 달리면 지구 저 끝까지 도망갈 수 있을까. 다시는 부끄러운 이 세상과 마주치는 일이 없어질까?

학교 정문을 지나 길거리로 무작정 달리면서 다른 것은 생각할 수 없었다. 그냥 엄마가 담임 앞에서 주르르 울음을 터뜨리던 장면만 자꾸 떠올랐다.

나도 눈물이 소나기처럼 쏟아졌다. 눈물 때문에 길이 잘 보이지 않았다.

그래 봤자, 갈 데도 없었다. 달려 나오면서 가방을 학교에 그대로 두고 나와 용돈도 없으니까. 돈이라도 있으면 맥도날드나 롯데리아로 가면 될 텐데.

한참을 우울하게 쏘다니다가 다리가 아파 털썩 주저앉은 데가 결국 주리 집 부근 미니 공원 등나무 밑이었다.

할 일도 없고 더 이상 떠오르는 생각도 없어 그냥 한동안 먼 산만 바라보고 있었다. 바람도 잔잔하고 햇살도 따스하다. 덥지도 춥지도 않은 온화한 날씨에 몸이 나른해진다는 생각이 들기 시작했다. 점심까지 굶고 돌아다녔더니 피로가 한꺼번에 몰려오는지 눈꺼풀까지 무거워졌다.

얼굴에 그림자가 생겨 눈을 떠 보니 주리였다. 주리는 내 가방을 들고 서 있었다. 얘는 어떻게 내 가방을 여기 가져올 생각을 했을까. 정말 독심술?

"흠, 여기 있을 줄 알았지."

"어떻게?"

"내가 독심술 한다 했지?"

주리는 가방을 내 옆에 내려놓고 그 옆에 털썩 앉는다.

"고마워."

"고맙긴, 내가 더 고맙지. 너, 소설가가 꿈이지?"

"응."

"난 아나운서가 될 거야."

"넌 될 수 있을 거야."

"정말? 진짜 그렇게 생각해?"

"응, 나도 너처럼 말 잘하면 좋겠다."

"너 지금 말 잘해, 엄청."

"지금은 조금, 아주 쪼끔 나아졌지만 나, 난 언어장애 있는 거 알지?"

"어휴, 바보. 잘 생각해 봐. 넌 원래 아주 말을 잘했을 거야. 하지만 네가 잘 못 한다고 생각하고 나서부터 그렇게 됐을 거야. 그러니까 이제부터는 잘할 수 있다고 생각해 봐. 그럼 잘 될 거니까, 계속."

애는 정말 모르는 게 없다. 스피치 학원 원장님하고 똑같은 말을 한다. 혹시 나 몰래 우리 학원에 다니고 있는 게 아닐까.

"맞아, 나도 그렇게 생각해. 그런데 난 시, 시험 공포도 너무 심해. 그래서 날마다 악몽에 시달려, 넌?"

"난 시험 같은 거 신경 안 쓰니까, 악몽이나 시험 공포 따위 없지. 그런데 정말 의외다. 난 전교 일등 하는 애들은 천재라서 시험 치는 게 밥 먹는 것보다 쉬울 줄 알았거든."

"나 천재 아냐. 나같이 아주 펴, 평범한 머리로 일등 하려면 남들보다 얼마나 애써야 하는데."

"그렇구나. 그런데 생각해 보니까, 넌 언어장애가 있고 난 인간관계장애가 있고. 우린 뭔가 좀 통하는 게 있는 것 같아. 안 그래?"

맞아, 동병상련이라고. 그래서 주리가 그렇게 신경 쓰였나 보다. 내 일 같고 내가 당하는 것 같아 마음이 안 좋고 울컥했나 봐. 주리는 어쩌면 아나운서보다 심리상담사가 더 어울릴지도 모르겠다. 나를 참 편안하게 해 준다. 대화도 자연스럽게 이끌어 줘서 내가 언어장애가 있다는 걸 깜빡 잊게 만든다.

"그래, 정말 그렇다. 난 말이 잘 안 되고, 넌 사람 사귀는 게 힘들고."

"하하, 웃긴다, 그치?"

주리한테 스피치 학원에 같이 다니자고 해 볼까? 주리도 나도 영국 왕처럼 좋은 스승을 만날 필요가 있어. 숨어 있지만 말고 껍질을 깨고 밖으로 나와 많은 사람들 사이에서 웃고 떠들며 함께 호흡해야 해.

"너, 나랑 학원 다닐래?"

"학원?"

"응, 아이엠스피치 학원인데 내가 요즘 다니고 있거든."

박한겸 원장님에 대한 이야기, 수업 받고 있는 이야기, 자신감이 생겨나고 있는 이야기를 들려주자 주리는 무척 재미있어 했다. 특히 원장님도 나처럼 무대공포증, 대인공포증에 시달리던 사람이었는데 스피치를 통해서 그런 걸 다 극복하고 이제는 큰 학원 원장님이 됐다는 얘기를 들더니 꼭 한번 만나 보고 싶어 했다. 아니, 자기도 다니고 싶다고 했다.

주리 엄마도 주리 걱정을 많이 하고 있어서 사람들과 만날수 있는 일이라면 허락해 줄 거라고도 했다.

정말 다행이다. 내가 얼마나 걱정했는데. 싫다고 할까 봐, 자기는 말도 잘하고 스피치 배우러 다닐 필요 없다고 할까봐 조마조마했는데. 역시 주리랑 나랑은 통하는 게 있다. 이런 걸 이심전심이라고 하잖아. 아니, 김심강심이라고 해야더 정확하지. 하하, 웃기다.

사라진 똥똥이

      어느 순간, 어떤 소리가 자꾸 신경 쓰였다. 처음에는 꿈인지 현실인지 잘 몰랐다. 긴가민가, 알쏭달쏭했다. 그런데 눈을 떠 보니 엄마하고 아빠가 말다툼을 하고 있었다. 시간을 보니 새벽 세 시 십 분이었다.

    오래 전에는 잦은 일이었지만 내가 중학생이 되고부터 흔한 일은 아니었다. 하지만 간혹 두 분은 심하게 다퉜다. 대부분이 아빠가 만취해 들어와 엄마에게 시비를 거는 경우이긴 하지만.

오늘도 아빠는 잔뜩 취해 있었고, 심하게 취한 사람들 특성대로 당신의 언성이 너무 높아 한잠이 들었던 아파트 사람들이 차례차례 깨어나 한 부부의 싸움에 귀를 기울이고 있다는 생각 자체가 없어진 상태였다.

"제발 목소리 좀 낮춰요. 아파트 사람들 다 깼겠어요."

"깼으면 어때. 또 자겠지."

"낮추라니까. 집 안에 있는 시원이조차 당신 떠드는 소리에 깨겠어요."

"당신은 그런 체면만 차리는 게 문제야. 남이 무슨 상관이야. 좀 떠들면 어때. 잠 깼으면 다시 자면 되는 거지. 시원이도 그래. 그렇게 키워 봐야 아무 소용없어. 그리고 걔는 애라서 이까짓 소리에 깨지도 않아. 옆에서 폭탄이 떨어져도 세상모르고 잘 나이라고."

"됐어요. 하여간 알았으니까, 됐고. 목소리나 낮춰요. 부탁이에요. 내가 이런 부탁한 적 없죠? 술 취한 사람 붙잡고 이런 말해 봐야 아무 소용없다는 거 잘 알아요. 그래도 오늘은 내가 너무 속상하고 화가 나서 당신 올 때까지 안 자고 기다린 건데. 역시 괜히 기다렸단 생각이 드네."

"……."

엄마는 어제 학교에서 있었던 일을 아빠한테 설명했다. 담임에게 들은 얘기도 했다. 아빠는 웬일인지 아무 말도, 어떤 대꾸도 않고 엄마 얘기를 가만히 듣고 있는 것 같았다.

"당신이 아무리 집안일에 관심 없는 사람이라도, 나한테는 그렇다 치고 당신, 시원이 아빠잖아. 아닌가? 다 참을 수 있어. 다 참을 수 있는데 시원이 아빠라는 사람이 자식 일에 이렇게 소홀한 건 정말 참을 수가 없어. 최소한 아빠로서의 도리는 해야 할 거 아니냐고."

"들어 보니까, 애들 장난치다가 그런 거구만, 뭐. 장난치다 다칠 수도 있는 거고 그렇지. 그리고 걔 말 좀 못 하는 거는 고등학교 들어가고 철들면 나아질 거야. 애가 너무 소심해서 그럴 수 있어. 태어나면서부터 말더듬이도 아니고 초등학교 때는 얼마나 말을 잘하던 앤데 갑자기 그렇게 됐다는 게 말이나 돼? 아직 성장기라서 일시적으로, 심리적으로 그럴 수도 있어. 그러니까 차츰 좋아질 거라고."

"다친 것도 다친 거지만, 부모가 돼서 시원이가 그런 거 여태 모르고 있다고 내가 애한테 아무런 관심도 애정도 없는 무식한 여편네로 학교에서 얼마나 망신 당한 줄 알기 나 해요?"

엄마는 울고 있는 것 같았다. 안방 문이 닫히는 소리가 나고 조금 있다가 아빠 방문도 열렸다가 닫히는 소리가 났다.

교실로 들어서는 나를 돌아보던 송아가 자리에서 발딱 일어나더니 제일 앞에 앉은 남민지 앞으로 걸어갔다. 남민지는 우리 반에서 키가 제일 작은 아이다. 초등학교 저학년으로 보는 사람들도 있다.

"야, 남민지. 너 양말 예쁘다. 나 오늘 안 신고 왔는데 하루만 빌려 줘."

"양말?"

"엉."

"저번에 목도리도 빌려 줬는데 아직 안 돌려줬잖아."

"아, 짜증 만땅. 그래서 싫다고?"

키가 큰 편인 데다가 덩치까지 있는 송아가 팔짱을 끼고 눈까지 치켜뜨자 민지는 울상이다. 민지는 결국 양말을 벗어서 송아에게 주었고, 송아는 민지 양말을 그 자리에서 신었다. 반 분위기가 급속히 험악해지고 있었다. 아이들은 아무것도 못 본 체했다.

송아가 이번에는 주리를 노려보면서 그쪽으로 걸어갔다. 주리는 휴대전화 전원을 끄더니 막 가방에 집어넣고 있었다.

"광주리, 나 유심 좀 빌려 줘."

"……."

주리는 들은 체도 안 하고 책상에 엎드려 버린다.

"야, 포커페이스 유지하면 누가 쫄 거 같아. 이 폭탄 같은 게 정말 사람 멘붕시키네. 당장 튀어 안 일어나? 오, 겁나시는 게 없다? 정말 이 따순이 때문에 내가 완전 돈다, 돌아!"

반 여자아이들은 모두 겁을 집어먹은 얼굴이었고, 남자아이들도 자기에게 구정물이 튈까 봐 전전긍긍하고 있었다. 하지만 주리는 조금도 흔들림 없이 엎드린 채 그대로 있었다.

반 아이들이 모두 보는 데서 체면이 형편없이 구겨진 송아는 주리를 째려보고 있다가 두고 보자는 얼굴로 돌아갔다.

가면서 나를 홱 돌아봤다. 그때서야 알았다. 송아가 지금 하는 행동은 나한테 보여 주려는 것 같다는. 경고 메시지를 날리는.

키득거리며 상모가 귓속말을 했다. 게임 오버, 위너 이즈 주리.

송아가 저러는 건 다 정민이 때문이란다. 어제 내 가방 때문에 고민하는 담임한테 주리가 우리 집을 안다면서 자기가 갖다 주겠노라고 했다는 것이다. 그런데 정민이가 나랑 주리가 만나는 걸 봤고, 분위기상 나랑 주리가 사귀고 있는 게 분명하다고 오늘 아침에 아이들이 죄다 듣는 데서 말했다는 것이다. 그래서 송아가 저런다는 것이었다.

쉬는 시간에 잠깐 나갔다가 들어온 주리가 뭔가를 찾고 있었다. 가방을 뒤집어엎고 책상 속을 몇 번이나 들여다봤다.

"왜 그래. 뭐 찾는데?"

보고 있던 수미가 물었다.

"내 롱롱이!"

주리는 어린아이처럼 발을 동동 굴러 댔고 손에 잡히는 물건을 함부로 여기저기 던져 대는 눈빛이 이성을 잃은 것 같았다.

그런데 그런 주리를 보면서 송아하고 나경이가 킬킬거렸

다. 아주 고소하다는 얼굴이었다. 서로 눈빛까지 교환하는 게 누가 봐도, 내가 범인이라는 게 이마에 다 쓰여 있었다. 그때 어떤 마음의 끌림에서일까, 수미가 뒤를 돌아봤다. 송아하고 나경이가 흠칫했다. 저래서 '양심은 신이 인간에게 내린 가장 큰 형벌'이라는 말이 있는 거지. 그래도 양심은 남아 가지고.

수미는 조용히 일어나더니 밖으로 나갔다. 잠시 뒤에 수미는 주리 인형을 들고 들어왔다. 롱롱이는 조금 거리가 있는 내 자리에서도 몹시 지저분해 보였다. 냄새조차 나는지 수미가 들고 지나가는데 아이들이 코를 막고 눈살을 찌푸렸다.

"어디서 났어?"

"화장실 쓰레기통."

주리는 롱롱이를 빼앗다시피 받아 들고 화장실로 달려갔다. 잠시 후 세숫비누로 빤 것 같은 롱롱이는 후줄근해져 있었고 물이 뚝뚝 떨어졌다. 주리는 롱롱이를 들고 송아한테 걸어갔다.

주리는 아무 말도 않고 그저 송아를 잡아먹을 듯이 보고만 있었다. 롱롱이하고 둘이서.

내가 아는데, 저렇게 쳐다보는 주리 눈빛 장난 아닌데. 가녀린 저 아이 눈빛에서 쏘아 내는 독기가 얼마나 무서운데. 지금은 송아라도 아마 어디론가 도망치고 싶을 거다.

인형을 성물처럼 앞세우고 천천히 다가간 주리를 보면서 한마디 말을 기대했던 송아라면 꽤 실망했을 거다. 주리는 끝까지 한마디도 안 했으니까. 하지만 거기서 지면 송아가 아니지. 권법 소녀 송아가 절대.

송아는 주리를 거칠게 밀쳤다.

"야, 그 더러운 부두 인형 당장 치우고 꺼져. 이게, 불쌍하다고 내가 좀 봐줬더니 하는 행동이 갈수록 기막히네. 얍삽한 짓이나 하고 다니는 게 어디서 까불고 있어. 빨랑 꺼지지 못해!"

"야, 네가 송아한테 이러면 안 되지."

나경이도 송아를 거들어 주리를 밀어 댔다.

"담임 온다, 담임!"

누군가가 소리치자 모두들 후닥닥 제자리로 돌아가서 앉았다.

주리하고 학원에 같이 갔다. 원장님도 주리를 반겼다. 원장님은 주리하고 면담을 하면서 내가 많이 좋아졌고, 하루가 다르게 실력이 부쩍부쩍 늘고 있다고 했다.

스피치를 이제 막 시작한 나에게 있어서 지금이 매우 중요한데, 앞으로 더욱 꾸준히 훈련하고 연습하면 비약적으로 좋아질 수 있지만, 게으름을 피우거나 이 상태에서 그만둬 버리면 원래 상태로 돌아가 그야말로 도로아미타불이 되고 만다는 것이었다.

원장님은 주리가 내 보호자나 되는 것같이 저런다. 더구나 따지고 보면 학년은 같지만 주리가 나보다 한 살 적다. 그런 말들은 나한테만 해도 되는데.

하긴 주리랑 나랑은 비슷한 점도 있고 통하는 게 있는 사이니까. 내 치부를 알아도 별 상관없는 일이긴 하다. 어쩌면 서로 간의 부끄러운 모습들을 내보였기 때문에 맘속에 있는 얘기들을 나눌 수 있는지도 모르고.

우리는 함께 수업에 참석했다. 이제 중학생은 두 명이다. 나머지는 대학생이거나 어른들이고. 그래서 우리는 부럽다, 대단하다 소리를 많이 들었다.

부모들이 깬 사람이라서 너희같이 어린 나이에 이렇게 스피치를 배우러 올 수 있는 거니까 고마운 마음 간직하고 열심히 하라 했다. 당신들은 취직하랴, 직장에서 승진하랴, 스피치를 안 하고는 못 버틸 입장이라 이 나이 돼 나왔지만 너희는 정말 복 받은 아이라고도 했다.

주리는 첫 수업인데도 읽는 거, 말하는 거, PPT 발표하는 걸 막힘없이 척척 해냈다. 심지어는 3분 스피치 시간에 자기소개까지 완벽하게 했다. 3분이 부족해 20초를 넘기기까지 하면서. 나를 끊임없이 놀라게 하는 아이다, 주리는.

거기에 비해 내가 한 스피치는 초라했다. 주리 보기에 내가 얼마나 한심스러울까, 생각하니 발표하는 게 더 힘들었다. 차라리 모르는 사람들 앞에서는 나았는데 주리 앞이라 그런지 말도 더 더듬고 호흡이 곤란해져 헉헉거렸다.

하지만 힘든 상황이 될 때마다 주리가 치는 박수 소리가 들렸다. 그것은 나에게 큰 용기를 주었다. 용기. 그래, 이 용기가 곧 자신감이 되겠지.

나는 할 수 있어. 난 김시원이고 멋진 놈이니까. 그리고 이제 내 곁에는 나를 위해 따뜻한 박수를 쳐 주는 한 아이가 있어. 참 감사하게도.

　학원을 마치고 주리를 집까지 데려다 주었다. 주리가 집으로 들어가면서 손을 흔든다. 나도 마주 흔들었다. 빌라 모퉁이를 도는데 건물 그늘 아래 누군가가 서 있는 게 보였다. 송아였다. 송아는 우리를 보고 있었던 거다. 나는 달리다시피 빠른 걸음으로 그곳을 벗어났다.

부두 인형의 저주

어젯밤에 이런저런 생각하다 보니 늦게 잠이 들었다. 그래서 다른 날보다 좀 늦게 일어났다. 서둘러 야겠다고 생각하면서 밥공기에 밥을 담고 있는데 아빠가 주방으로 들어왔다.

이런 시간에 아빠가 주방으로 나오는 일, 그런 일이 거의 없다 보니 나는 깜짝 놀랐다. 아빠는 나보다 먼저 일어났나 보다. 세수도 하고 면도까지 말끔하게 한 얼굴로 나를 보고 웃기까지 한다.

내가 낯선 사람 보듯 멍하니 보고 있었나 보다.

"왜 그래, 모르는 사람도 아니고. 오랜만에 우리 아들이랑 밥이나 같이 먹어 볼까?"

아빠도 공기에 밥을 담아 내 앞에 앉는다. 내 몸이 먼저 반응한다. 내게는 아빠가 어렵기만 하다는 걸. 입이며 손이 딱딱하게 굳어져 밥도 제대로 못 먹고 식탁 위로 밥하고 국을 자꾸만 흘리고 있었다.

"중간고사는 봤니?"

아빠는 어색해진 분위기를 얼른 바꾸고 싶었나 보다.

"예."

"잘 봤어?"

"예."

"너, 학교에서 사고 있었다며?"

뺨의 상처와 깁스한 내 손을 아빠는 본다.

"예."

"학교생활 힘드니?"

"아뇨."

"그런데 왜 그런 일이 일어나? 친구들하고는 다시 괜찮은 거지?"

"예."

아빠는 숟가락을 내려놓고 내 얼굴을 아래위로 훑어본다.

"너, 정말 언어장애 있는 거야? 아빠한테 말해 봐. 뭐가 문제니, 응?"

"……."

그래, 사람은 참을성의 한계가 오기 마련이지. 아빠라고 다를까.

"말 좀 해 봐, 말 좀! 넌 예, 아뇨, 아니면 다른 말은 한마디도 못 하는 거야? 사내 녀석이 배짱이 있어야지. 사람도 좀 당당하게 쳐다보고. 상대방 눈을 똑바로 쳐다보면서 씩씩하게 왜 말을 못 해, 응?"

그러지 않으려고 했다. 참으려고 했다. 그런데도 참을 수 없이 눈물이 나왔다. 눈물이 식탁으로 뚝뚝 떨어졌다.

그래요, 나 바보예요. 예, 아뇨, 아니면 다른 말은 한마디도 못 하는 바보, 천치라고요. 왜 그런 줄 알아요? 아빠가 그때, 내가 열 살 때 나를 버렸기 때문이에요. 버린 건 아니었다고요? 엄마가 몇 시간 뒤에 나를 데리러 왔으니까? 그래요, 엄마가 왔어요. 그런데 아빠는 그때조차 안 왔잖아요. 그럼 아빠가 날 버린 거 아닌가요?

무서웠어요. 그날 이후로 엄마 아빠가 날 어디다 내다 버릴까 봐, 밤에는 잠도 못 자고 어쩌다 잠이 들면 맨날맨날 고아원에서 울면서 엄마 아빨 기다리는 꿈을 꿨다고요. 그때부터 내 입에서는 말이 안 나왔어요. 아무 말도, 한마디도 안 나오더라고요. 예, 아뇨보다 길게 말하려면 숨이 막히고 가슴이 너무 뛰어서 말을 할 수가 없었다고요.

집으로 가려고 복도를 걸어 나가고 있었다.

"시원아, 김시원!"

멀리서 부르는 소리에 돌아보니 수미였다. 수미는 반대편 복도 끝에서 나를 향해 달려오고 있었다. 수미는 혼란스러워 보였다. 나는 직감적으로 주리에게 무슨 일이 있다는 생각이 들었다.

"시원아, 큰일 났어. 송아가 주리를 데려갔어."

"어디로?"

"저기, 뒷산 공터."

송아가 주리한테 맞장을 뜨자고 통보했다는 것이다. 물론 주리도 좋다 했고. 송아는 나경이하고 둘인데 지금 주리는 혼자란다. 처음에는 자기도 주리 혼자 보내는 게 걱정돼 같이 따라가다가 도로 내려왔단다. 싸움꾼 둘을 맞아 덩치도 힘도 없는 자기들 둘이서는 도저히 안 될 것 같아 나한테 지원 요청하려고 정신없이 달려왔다는 것이었다.

나는 있는 힘을 다해 달렸다. 송아도 그렇지만 주리도 참 대책 없는 아이다. 지가 어떻게 힘으로 송아를 이길 수 있다고 맞장에 응했을까. 교실도 아니고 산에서까지 송아가 말싸움을 하려고 하겠는가.

등산로를 따라 올라가면 각종 운동기구가 있는 곳이 있다. 이른 아침이면 동네 어른들이 올라와 옹기종기 둘러서서 운동을 하는 곳이다. 거기서 송아의 앙칼진 목소리가 들렸다. 나는 더 이상 다가가지 않고 일단 몸을 숨겼다.

"하필이면 내가 좋아하는 시원이야, 엉? 내가 걔 좋아하는 거 알아, 몰라. 왜 걜 가로채느냐고 묻잖아. 이 바부탱이 계집애야. 너 나한테 얼마나 얻어 터져야 정신 제대로 수습하겠냐?"

"……."

주리는 롱롱이를 품에 안고 아무 말도 없이 송아를 쏘아
보고만 있었다.

"너 왜 그랬는지 송아한테 말해, 어서!"

보고 있으려니 답답한지 나경이가 송아를 거든다.

"……."

쏘아보고 있던 눈길을 주리는 나경이한테 그대로 옮겨 놓
는다.

"좋아, 그럼 이제부터 만날 건지 안 만날 건지만 말해. 안
만난다고 내 앞에서 다짐하면 용서해 주겠지만 그것까지
대답 안 하고 실실 비웃기만 하면 오늘이 네 제삿날인 줄
알아, 이 등신."

"……."

주리가 달리 주리일까. 주리가 고집스럽게 아무 말도 없자
나경이는 자기 가슴을 북처럼 둥둥 내리친다. 송아는 주리
코앞까지 바짝 다가가서 위협적으로 말했다.

"맹세해, 어서!"

"……."

거기에서 전혀 예기치 못하게 송아가 번개같이 주리 뺨을 날렸다. 그런데도 주리가 비명 소리를 내기는커녕 울지도 않고 그 자세 그대로 노려보고 있자 송아는 다시 한 번 주리 뺨을 힘껏 때렸다.

한쪽 뺨이 새빨개진 주리는 마치 퇴마사가 마귀를 쫓기 위해 십자가를 내보이듯 롱롱이를 송아 앞으로 내밀면서 말했다.

"니 맘대로 해. 나도 이젠 모르겠어. 나도 더 이상은 안 돼. 너를 이렇게 만들고 나를 이렇게 한 애야. 나도 참기 힘들어졌어, 참기도 싫어. 그래, 오늘만큼은 맘대로 해. 나도 쟤가 어떻게 되든 상관없어. 자, 지금! 너 하고 싶은 대로!"

"부두 인형의 저주다!"

나경이가 겁에 질려 뒤로 물러서자 송아도 잠시 주춤거리며 물러서다가 태권도 돌려차기 자세를 취했다. 송아는 당장에 끝장이라도 낼 것처럼 자세를 낮추고 두 주먹을 불끈 쥐었다.

"그만해!"

내가 달려 나가자 송아는 태권도 자세를 그만두고 입술을 깨물더니 등산로를 달려서 내려가 버렸다. 나경이도 함께.

아무리 생각해도 주리가 마음에 걸린다. 저녁을 먹어도 책을 읽어도 그 생각밖에 안 났다. 주리한테 문자를 보냈다.

"봐, 내가 말했지? 독심술, 염력, 영과의 대화, 이런 거 말이야. 없는 거라고. 넌 오늘 송아가 너한테 그럴 줄 몰랐고, 어제 네 인형이 그렇게 될 줄도 몰랐어. 그리고 네 인형은 네가 주문한 대로 송아한테 어떤 저주도 내리지 않았잖아."

답장이 바로 왔다.

"나도 좀 혼란스러워. 이젠 우리 롱롱이한테 내 주문들이 안 먹히는 걸까?"

"아냐, 처음부터 그런 건 없었던 거야. 원래 당연히 생겨났을 일들에 네가 특별한 의미를 부여하면서 너한테 그런 능력이 있다고 스스로 믿었던 거지. 넌 주술사도 퇴마사도 염력을 가진 악당도 절대 아냐. 내가 보기엔 그저 평범한 우리 또래의 아이일 뿐이지."

"그런가? 그랬으면 나도 정말 좋겠다."

"확실해, 내 말 믿어."

"알았어. 참, 아까 고마웠어."

"고맙긴, 친구끼리 그깟 일도 못 하면 친구라고 할 수 없지. 안 그래, 친구?"

"응, 맞다. 우린 친구였지. 고맙다, 친구야."

"그래, 주말 잘 보내."

"너도 잘 자고 주말 행복하게 보내."

친구, 잊어버렸는데 주말이라도 우린 내일 또 만나야 해. 학원 가야 하잖아.

아, 이 친구란 말, 참 매력 있다. 주리야, 할 수도 없고. 야, 할 수도 없고. 어이 숙녀, 라고 부를 수도 없는데 친구, 해 버리니까 어색하지도 않고 깔끔하다.

나는 휴대전화를 한번 손에 꼭 쥐어 본 다음 호주머니 속으로 곱게 밀어 넣었다.

Stay hungry, stay foolish

눈을 뜨니 아침 여덟 시다. 토요일이라 좀 더 자도 되는데. 점심 먹고 학원에 가야 한다고 생각하면서 잤더니 일찍 눈이 떨어졌나 보다. 그래, 이제 난 학원이 너무 좋은가 보다. 주리 때문에 선잠을 깼을 리는 없고. 안 그런가?

잠자리에서 일어나 앉는데 문득 어항이 있던 자리로 눈이 갔다. 얼마 전까지만 해도 눈만 뜨면 제일 먼저 달려가 잘 있는지 확인하고 먹을 걸 챙겨 주던 돌이와 순이가 살던 곳.

녀석들이 있던 자리가 텅 빈 것 같다. 마치 내 손발이 하나씩 떨어져 나간 것처럼 말할 수 없이 허전하다. 있을 때는 몰랐는데 내가 돌이하고 순이한테 이 정도로 의지하고 있었던가, 하는 생각이 문득 들었다. 그래, 녀석들은 내 가족이나 다름없었으니까.

특히 매일 누군가로부터 끊임없는 보살핌을 받아야 하는 나로서는 내가 유일하게 보살펴 줘야 하는 개체가 이 세상, 내 손 아래 있다는 게 신기하기도 하고 낯설기도 했었다. 어떤 땐 그런 사실 때문에 조금 짜증나고 귀찮기도 했지만 그래도 내가 돌봐 주지 않으면 녀석들은 생존할 수 없다는 사실에 커다란 책임감까지 느꼈었다. 누군가는 이런 걸 행복이라고 말할지도 모르겠다.

어쩌지, 엄마한테 다시 사 달라고 부탁해 볼까? 저렇게 텅 빈 자리. 이렇게 텅 빈 내 가슴.

하지만 지금은 아니다. 민물게의 죽음이 우리 가족의 불운한 미래를 암시하는 게 아니라는 믿음이 아직은 부족하다. 내 오래된, 미래에 대한 불길한 예감을 밀어낼 만한.

아침을 먹으려고 주방으로 갔다. 그런데 엄마하고 아빠가 마주 앉아 밥을 먹고 있었다. 언뜻 보기에도 상당히 어색해 보이는 두 사람은 조용히 그저 밥만 먹고 있었다. 그러다가 내가 들어가자 엄마는 기다렸다는 듯 반겼다.

"앉아, 밥 줄게."

내가 엄마 옆자리로 가서 앉자 엄마가 밥하고 국을 담아 와 내 앞에 놓아 주었다. 내가 밥을 먹기 시작하자 아빠가 말했다.

"어제 아침에는 미안했다. 잘 해 보자고 대화를 시작한 게 그렇게 된 거야. 아빠가 잘못했다. 다시는 그런 식으로 말 안 할게."

깨끗하게 사과하는 거잖아. 그러고 보면 아빠도 쿨한 면이 있네. 쿨은 학교에서 내 별명인데. 내가 좋아하든 안 하든 애들은 그렇게 부른다. '쿠-울', 또는 '쏘 쿠-울'로. 좋을 것도 없지만 그렇다고 나쁠 것도 없다. 생각하기에 따라서 이럴 수도 저럴 수도 있는 거니까.

듣고 있던 엄마가 말을 이어 받았다.

"교감 선생님한테서 전화 왔더라. 생일빵 관련 아이들에 대한 처벌 수위가 결정됐다고. 그런데 생각해 보니 그 애들도 딱하더라. 자식 키우는 입장에서 큰소리 치는 일이 이제는 두렵다는 생각도 들고. 그래서 없던 일로 하겠으니 그렇게 처리해 달라고 했어. 그런데 이번 일은 너한테 제일 미안하게 된 것 같아. 내가 네 학교 가서 따지고 문제 삼는 바람에 네 입장이 더 곤란하게 될 줄이야. 시원, 미안하다. 엄마가 잘못했어."

오늘 이 두 분, 왜 이러는 걸까. 아빠 혼자 그러면 아빠는 우리한테 워낙 잘못한 게 많으니까 좀 이해가 가는데 엄마까지 저러니까, 의도가 의심스럽다. 나를 떠보는 걸까. 아빠도 잘못했다, 엄마도 잘못했다. 이걸 어떻게 받아들여야 하나. 한 번도 내게 이런 적 없는 사람들이 이러는 거 정말 부담스럽다. 이 말들의 유효기간이 얼마일지. 진심으로 그러는 건지, 아니면 나를 떠보려는 건지도.

오, 생각났다. 학교에서 내가 문제아 취급 당하고 있는 게 싫어서 이러는구나. 엄친아인 내가 문제 있는 아이라고 한 담임 말에 엄마 아빠는 엄청 쫄은 게 분명해. 이 문제아로 찍힌 녀석, 이걸 앞으로 어떡하지, 하면서 고민고민 했을 거야. 그래서 주변 사람들한테 더 이상 부끄러운 꼴 당하기 전에 미리 단속하는 거구나. 맞아, 두 사람은 입을 맞춘 거야. 아 닌가? 아, 몰라, 나도 모르겠다.

우리는 한동안 아무도 말을 안 하고 밥만 먹었다. 참 오랜 만의 일이다. 가족이라면 한상에 마주 앉아 밥을 먹는 게 당 연한 일이지만 생각해 보니 우리 가족이 이렇게 둘러앉아 밥 먹은 일이 언제였던가, 싶다. 생각도 안 난다. 그 기억조차 가물가물하다.

할 말이 있는 것같이 내 눈치를 자꾸 보던 엄마가 어렵게 말을 꺼냈다.

"어제 엄마 아빠 부부심리 클리닉에 다녀왔어. 앞으로 계 속 다닐 거야. 거기에서 서로에게 무엇이 문제인가, 언제 부터 이런 문제가 생겼는가, 원인 분석을 해 보다가……."

엄마는 말을 잇지 못하고 울어 버렸다. 눈물이 밥 위로 후 드득 떨어졌다. 아빠는 휴지를 가져와 엄마 손에 쥐여 주고 나서 엄마 대신 말을 이어 나갔다.

"이런 말, 부모로서 꺼내기 참 그렇다마는 아픈 환부는 드 러내서 도려내야지, 감추어 놓고 덮어 버리면 곪아 터져서 고칠 수도 없는 법이거든. 그래서 이제는 수면 아래 감춰

두었던 우리 문제를 수면 위로 노출시켜서 마음의 상처를 치유하고 서로 보듬어 주는 과정이 필요하다는 판단 아래, 지난 일들을 다 얘기할 수밖에 없었어. 그러니까 쉽게 말하자면 엄마하고 아빠가 심리치료를 위해 많은 얘기들을 풀어 놓는 가운데 우리 둘의 문제가 그 일 이후부터 생겼다는 결론이 나왔다는 거지."

아빠도 힘이 드는지 잠시 말을 끊었다.

"어쩌면 네 표현언어장애라는 그 병도 그때 이후로 생겨난 것 같다만, 혹시 기억나니? 제주도로 가족여행 떠났다가 밥을 먹으러 들어간 식당에서 엄마랑 아빠는 말다툼을 하게 됐거든. 그런데 사소한 말싸움으로 시작한 것이 나중에는 큰 감정싸움이 돼 가지고 결국에는 나하고 네 엄마가 널 그 식당에 홀로 남겨 두고……."

학원 갈 준비를 하고 있는데 상모가 왔다. 내가 볼일이 있다며 지금 나가야 한다고 하니까, 상모는 잠깐이면 된다고 했다. 5분이면 된다, 아니 3분. 그것도 안 되냐고 되묻는 표정이 나를 잔뜩 원망하는 얼굴이다.

"왜?"

"넌 주리만 챙기면 다지? 주리만 괜찮으면 다인 거지?"

어제 뒷산 공터에서 있었던 일을 상모도 알고 있었다. 나하고 수미가 달려가는 걸 보고 상모도 뒤따라 왔었단다. 거기서 일어난 일도 직접 봤고, 송아가 달려 내려가 수돗가에서 엉엉 우는 것도 다 봤단다. 나경이가 위로하고 달랬지만 송아는 오래도록 거기서 울었단다.

"니가 송아를 좋아하지 않는 건 알아. 그래도 송아한테 그렇게 못되게 할 건 없잖아. 송아는 니가 좋은 건데. 니가 좋아서 그러는 건데!"

"난 그냥, 그냥……."

"송아가 나 따위 좋아하지 않는 것도 알아. 그래도 내가 좋아하는 앤데, 내가 지켜 주고 싶은 앤데. 니가 그러면 안 되지."

"어, 미안해."

돌아서는 상모 눈에 언뜻 물기가 어렸다. 내가 잘못 본 건가? 그럴 리가 없다. 우리 반 개그콘서트 상모가 울다니.

"상모야!"

"······."

상모는 뒤도 안 돌아보고 도망치듯 계단을 달려 내려가 버렸다. 녀석, 우리 집이 19층이란 걸 잊어버렸나? 그나저나 상모가 송아를 좋아한다 했는데 내가 너무 무심했나 보다. 어쩌지. 상모 자식, 늘 헤헤거리고 다녀도 한 번 삐치면 감당이 안 되는데.

스피치 학원 주말반 수업에 참석했다. 주리하고 만나서 같이 갔다. 주말반에는 평일 저녁반보다 사람들이 더 많았다. 스무 명 정도 되는 것 같았다.

두 명씩 한 조가 돼 연단 앞으로 나가 자기 파트너에 대한 칭찬을 하는 시간이었다. 먼저 조를 짠 다음 5분 정도 시간을 줬다. 그 시간 안에 상대에 대해 알고 싶은 걸 다 묻고 나서 기록하고 정리해 자기 차례가 되면 사람들 앞에서 발표를 해야 했다.

주리하고 나는 같은 조가 됐다. 우리 조 차례가 되자 주리는 맨손으로 나갔다. 원장님이 메모지를 한 장씩 나누어 주면서 거기에 발표할 내용을 적어서 보면서 해도 된다고 했고 다들 그렇게 했지만 주리는 그러지 않았다.

주리가 발표할 때 나는 주리 옆에 서 있었다. 내가 발표할 때도 주리는 내 옆에 서 있어야 했다.

"안녕하세요. 강주리입니다. 만나서 반갑습니다. 저는 제 친구 김시원을 소개하려고 합니다. 제 친구 김시원은 공부를 아주 잘합니다. 그냥 잘하는 게 아니고 전교 일등을 도맡아 하는 친굽니다. 김시원의 꿈은 소설가입니다. 소설가를 꿈꾸는 사람답게 글도 잘 쓰고 책도 많이 읽어 아는 게 참 많습니다. 보시다시피 키도 크고 잘생겨서 저는 연예인 이민호를 닮았다고 생각합니다만 여러분 생각은 어떠십니까?"

"맞네, 이민호."

"시원이 니가 이민호보다 낫다."

"시원이 좋겠다. 예쁜 여자 친구가 저런 극찬까지 해 주고 말이야."

박수가 쏟아지고 수강생들이 즐겁게 웃었다. 나는 얼굴이 달아올랐다. 이민호라니, 내 얼굴 내 키에. 그리고 예쁜 여자 친구는 또 뭐람. 흠, 하여간 주리 대단하다.

"이렇게 잘생기기도 했지만 시원이는 마음도 아주 예쁘고 착합니다. 저 같은 우리 반 공식 왕따한테도 말을 걸어 주고 따뜻하게 대해 줬을 뿐 아니라 친구까지 해 주고 있습니다. 이런 좋은 친구하고 오래오래 멋진 우정을 쌓고 싶습니다. 경청해 주셔서 감사합니다."

주리의 발표가 끝나고 내 차례가 됐다. 심장이 마구 뛰기 시작했다. 주리는 저렇게 내 칭찬을 길게 해 줬는데 나는 몇 마디밖에 못 할 테니 미안해서 어쩌지, 하는 생각이 들자 더욱 심장 박동이 빨라졌다.

눈치 빠른 주리가 내 맘을 알아챘는지 나를 보며 빙긋이 웃었다. 아무 걱정 말고 마음이 시키는 대로 하면 된다고 말하는 것 같았다.

"안녕하십니까. 방금 소, 소개 받은 이민호를 닮은 김시원입니다."

"하하하, 금세 배워서 써먹네."

"둘이 절친 맞네. 따라쟁이 커플이야."

수강생들이 다시 힘껏 박수를 쳐 주었고, 강의실 뒤쪽에서서 나를 보고 있던 원장님이 잘하고 있다, 그대로만 밀고 나가라는 듯 엄지손가락을 세워 보였다.

"저는 제 친구 강주리를 소개하겠습니다. 제 친, 친구 주리는 아나운서가 되고 싶어 합니다. 저는 주리가 꼭 아나운서가 될 거라고 생각합니다. 지금도 주리는 아, 아나운서처럼 말을 아주 잘합니다. 제가 가장 부러운 게 이 친구의 말 잘하는 겁니다. 조, 조금이라도 따라갈 수 있도록 열심히 노력할 겁니다. 저는 이 친구를 만, 만나게 된 것이 큰 행운이라고 생각합니다. 감사합니다."

발표를 마치고 나서 돌아보니 주리가 수줍게 웃고 있었다. 얼굴도 약간 붉어져 있었다. 나는 너무 놀랐다. 오프라 윈프리처럼 그렇게 말도 잘하고 당찬 주리 얼굴이 빨개지다니. 그래, 사람은 칭찬을 들으면 부끄러워지는 법이니까. 주리도 나처럼 다른 사람을 통해 듣는 칭찬이 조금은 낯설게 느껴졌나 보다.

3분 스피치 시간에도 나는 당당하게 발표하려고 애썼다. 오늘의 주제는 '내가 가장 닮고 싶은 사람'으로 정했다.

내가 가장 존경하는 사람은 스티브 잡스다. 스티브 잡스를 존경하는 이유는 그가 남긴 말 때문이다. 그는 "Stay hun-

gry, stay foolish!"라는 말을 남겼는데, 그 말은 '무모할 정
도로 도전하라'는 정도로 해석해 볼 수 있다. 나는 그의 그 한
마디에 큰 감명을 받았다.

사람은 누구나 꿈이 있다. 누구나 되고 싶은 게 있기 마련
이다. 하지만 그 꿈이 이루어지려면 절대 포기하지 말아야
한다는 걸 자기계발서들을 읽으면서 알게 됐다.

크게 성공한 사람들을 인터뷰한 결과, 자신들은 단지 포기
하지 않고 끝까지 남아 있어서 성공한 거라는 공통된 말을 했
다는 내용을 보고 큰 깨우침을 얻었다.

성공의 비결은 절대 포기하지 않는 것 그리고 남들이 무모
하다고 생각할 정도로 도전해야만 목표한 바를 얻을 수 있
다는 것.

나도 좋은 소설가가 되기 위해, 그래서 아주 오랜 세월이
흐르고 세상이 수없이 바뀌어도 변함없는 감동을 주는 좋은
작품을 쓰기 위해 남들이 무모하다고 생각할 정도로 도전에
또 도전을 해 볼 생각이다.

스티브 잡스에 대한 내 생각을 발표하는 동안 힘든 순간이
여러 번 왔지만 그때마다 주리가 고개를 끄덕이며 응원을 해

주어서 힘이 됐다.

그런데 3분 스피치를 마무리하고 있을 무렵, 반투명 유리 창문 밖에서 누군가가 강의실 안을 열심히 들여다보고 있는 것이 눈에 띄었다. 자세히 보니 두 명이었는데, 바로 우리 엄마하고 주리 엄마였다.

나는 문득 어지러웠다. 속도 메슥거렸다. 엄마가 보고 있다고 생각하니 몸이 굳어지고 혀가 꼬이려 했다.

그때 주리가 활짝 웃었다. 나를 보며 이를 하얗게 드러내고. 나는 주리에게만 집중했다. 내 눈앞에는, 나의 세상 속에는 오직 주리만 있다고 생각했다. 그랬더니 정말 주리만 보였다. 마법처럼.

그럭저럭 3분 스피치를 끝내고 인사를 하고 나서 보니 엄마하고 주리 엄마가 보이지 않았다.

Why not me

거대하고 현란한 조명이 무대를 비추고 있다. 2층 객석까지 꽉 찼다. 건물 전면 꼭대기와 외벽 들에는 '카네기홀'이라는 간판들이 멋스럽게 걸려 있다. 건물 입구에는 '전석 매진'이라는 안내판이 놓여 있고, 입장권을 사지 못한 사람들이 건물 주위를 배회하며 서성이고 있다.

나는 무대 뒤에서 거울을 보며 잠시 후에 있을 강연을 위해 옷매무새를 정리하고 있는 중이다. 그런데 갑자기 호흡이 힘들어지고 마음이 걷잡을 수 없이 불안해진다. 옆에 서 있던 비서가 다가왔다.

"30초 전입니다."

그 말을 듣고 나니 더욱 눈앞이 노래지고 다리에 힘이 빠지면서 쓰러질 것만 같다. 비서가 부축했다.

"왜 그러십니까? 오늘 강연 연기할까요?"

비서가 한 말을 듣고 다른 스태프들도 달려오고 있었다.

"여러분, 정말 오랫동안 기다리셨습니다. 그러면 지금부터 대한민국에서 온 우리 시대 최고의 명강사 김시원 씨의 강연을 들어 보도록 하겠습니다. 김시원 씨, 무대로 나와 주시죠."

사회자의 오프닝이 내게도 들렸다.

이건 꿈인데, 꿈이라는 거 알아. 그래도 안 돼, 절대. 난 말할 거야. 나가서 말할 거라고. 내 말을 들으러 온 저 사람들을 위해!

당장이라도 앞으로 고꾸라질 것 같은 몸을 이끌고 무대로 걸어 나갔다. 눈이 멀 정도로 환하고 밝은 무대. 너무 밝아 희뿌옇게 보이는 조명들 사이로 무대 제일 앞쪽에 앉아 웃고 있는 주리. 그리고 우리 엄마하고 아빠.

단전에 기를 모으고 엄지발가락에 힘을 주면서 뚜벅뚜벅
걸어 나가 청중들에게 인사를 한다.

엄마가 일어나 밥 먹으라고 부르는 소리에 잠에서 빠져나
왔다. 꿈을 생각해 보니 저절로 웃음이 난다. 성공 스피치 강
연이라니. 그것도 카네기홀에서.

몇 년 전, 가수 인순이가 미국 뉴욕 카네기홀에서 단독 공
연을 했다는 소식을 들은 적 있었다. 초등학교 5학년 때였
던 것 같다. 담임은 신문 기사를 오려 와 우리에게 읽어 주
었다.

제목은 '우리 사회의 편견과 개인의 불행을 딛고 일어선
인순이', '인순이 – 거위의 꿈을 이루다'로 기억한다. 대중가
수들에게는 기회를 잘 주지 않아 '꿈의 무대'라고 하는 카네
기홀에서 인순이는 그날 두 번째 공연을 하는 거라고 했다.

담임의 설명을 듣고 나는 가수 인순이가 대단한 사람이라
고 생각했다. 의지가 강한 사람, 포기하지 않는 사람. 그래
서 존경받아 마땅한 사람. 하지만 나하고는 거리가 먼 안드
로메다 은하의 사람.

하지만 이젠 그런 생각하지 않겠다. 아니, 그런 생각은 하지 않는다. 그런 일들이 안드로메다 은하의 일처럼 나하고 거리가 멀 리 없다.

참으로 계시처럼 오늘 난 카네기홀에서 강연하는 꿈도 꿨다. 스피치가 좋아지고 있고 자신감도 점점 생겨나고 있다. 게다가 난 소설가가 꿈이니까. 맞아, 소설가이자 세계적 성공 스피치 강연가가 된다면?

못 할 것도 없지. 지금부터 연습하고 훈련하면 될 거야. Why not me(나라고 왜 안 되겠어)? 좋아, 지금부터 내 인생 목표는 바로 '카네기홀에서 성공 스피치 강연'을 하는 거다. I can do it(나는 할 수 있다)!

자리를 박차고 일어나 주방으로 갔다. 아빠가 웃으면서 기다리고 있었다. 안 하던 일을 하는 아빠가 좀 힘들어 보였다. 아니, 실은 꽤 힘들어 보인다. 그래, 아빠로선 최선을 다하고 있는 거니까. 엄마도 이제 내가 등교한 다음에 약국에 나가기로 했다. 그래서 엄마가 지금 아빠하고 내 밥을 담고 있다.

교실로 들어오는 담임 얼굴이 밝다. 보무도 당당하다. 분명 좋은 일이 있는 것 같다. 아이들이 기대하는 얼굴로 담임을 보고 있다.

"오늘 정말 교사로서 보람되고 행복한 일이 있었다. 알다시피 등굣길에 교문 앞에서 여러분들과 선생님들이 아침마다 하이파이브를 하고 있다. 처음에는 여러분뿐만 아니라 선생님들도 낯설고 어색했었는데, 지금은 손바닥을 마주치는 시간들이 반복되면서 사제 간의 정을 나누는 끈끈한 유대관계가 형성되고 있는 게 사실이다. 그런데 바로 오늘, 정말 하이파이브 제도를 잘 시행했다는 결론을 얻었다. 내가 만들었다고, 학생생활부장이라고 그러는 게 아냐."

담임은 들고 온 다이어리에서 메모지 한 장을 꺼냈다.

"자, 여길 봐라. 메모지다."

담임이 읽어 내려갔다.

"선생님, 어제 제가 너무 속상해서 정말 죽고 싶었거든요. 그런데 교문 앞에서 선생님이 활짝 웃으면서 하이파이브를 해 주셔서 죽고 싶은 마음이 희한하게 없어졌어요. 선생님, 고맙습니다."

아이들이 우우, 소리를 내면서 박수를 쳤다. 담임은 메모지를 다이어리에 집어넣더니 나를 쳐다봤다.

"김시원, 이번 중간고사에서 또 전교 일등이더라. 당연히 우리 반에서도 네가 일등이겠지?"

이번에도 우우, 하면서 아이들이 책상을 두드리거나 박수를 쳐 준다. 나는 그제야 마음이 놓였다. 알 수 없는 불안감에 시달렸는데 강박이었나 보다. 마음을 편히 가지는 법을 배워야겠다. 여유 있게 사는 법.

"참, 시원아. 국어 선생님이 그러시던데 너 한국문인협회 주관 전국청소년백일장 본선 진출했다며?"

"예."

"본선일이 언제야?"

"삼 주쯤 뒤에 문화예술회관 백합홀에서 있어요."

알았다는 듯 고개를 끄덕이며 다이어리하고 출석부를 챙겨 들던 담임이 어, 하고 놀라서 나를 돌아봤다. 아이들도 그때서야 눈치를 챘는지 모두 나를 쳐다봤다. 조금 떠듬거리긴 했어도 한 번도 이렇게 길게 대답해 본 적이 없었으니 다들 놀랄 만도 하지. 내가 돌아보며 계면쩍은 얼굴로 피식 웃어 버리자 아이들이 더욱 흥미진진한 표정이다.

"자신 있어?"

"자신 있어요. 최선을 다해 볼 생각이에요."

"그래, 믿는다. 선생님은 네가 우리 학교하고 담임인 나를 빛내 줄 인물이란 걸 믿어. 잘해 봐. 하, 그 녀석 참 사람 놀래키는 재주 있네."

"예."

담임이 나가고 나자 상모가 내 옆구리를 쿡 찔렀다. 상모는 지난 주말 우리 집에 왔다 그러고 가고 난 뒤부터 지금까지 애써 나를 모른 체하고 있는 중이었다. 말을 걸어도, 어깨를 두드려도 전혀 반응이 없었다. 마치 내가 송아한테 그랬던 것처럼. 그러던 녀석이 너무 놀라 자기가 나한테 시위 중이란 걸 깜빡했나 보다.

"뭐야, 어떻게 된 거야?"

그럼 그렇지, 궁금한 건 못 참는 상모 아닌가. 돌아보니 주리가 나를 보고 웃고 있었다. 친구야, 훌륭해, 하듯. 나도 웃어 줬다. 친구, 별거 아냐.

상모가 잠깐 보자 해서 따라 나갔더니 건물 뒤편으로 나를 데려간다. 설마 때리려는 건 아니겠지. 난 상모랑 싸우기 싫은데. 좋아, 무조건 잘못했다 그러는 거야. 미안하다, 이제 안 그런다 해야지.

상모는 담벼락 밑에서 걸음을 딱 멈추더니 홱 돌아섰다. 그러고는 손을 불쑥 내밀었다.

"악수해. 너랑 말 안 하고 있으니까, 답답해서 안 되겠어."

나는 상모 손을 두 손으로 덥석 잡고 흔들었다.

"미안해. 안 그럴게."

"너, 이제 정말 그러지 마. 송아가 펑펑 우는 것 보고 내 맘이 얼마나 아팠는지 몰라."

"알았어."

"어차피 송아는 내가 좋아하는 것도 모르고 나를 좋아하지도 않겠지만 내 마음이 그렇다는 거야. 그러니까 너도 더 이상 송아한테 상처 주지 마."

"응."

그제야 상모가 배시시 웃는다. 상모가 웃으니 나도 마음이 놓인다.

점심 먹으러 가려고 일어났다. 주리는 요즘도 점심을 굶는다. 책을 정리해 한쪽 모서리로 밀더니 책상 위로 엎드리고 있었다. 마음 같으면 같이 가서 점심 먹자, 하고 싶지만 그러면 주리 입장이 더욱 어려워질 거다. 그래서 그런 말도 못 한다.

수미도 자리에서 일어나고 있었다. 수미는 보통 정혜네와 점심을 먹으러 간다. 그렇지만 늘 그런 것은 아니다. 정혜는 필요에 따라서 수미를 모둠에 넣어 줬다가 밀어냈다가를 반복했고, 그럴 때마다 함께 점심을 먹기도 하고 자기들끼리만 먹으러 가 버리기도 했다.

그러면 수미는 정혜네 뒤를 멀찌감치 떨어져 따라가서 혼자 앉아 밥을 먹거나, 때로는 한 번씩 굶기도 하는 것 같았다.

"야, 허수에미 딸. 나하고 화장실 갔다 가자."

"화장실은 왜?"

"잔말 말고 따라와."

유미가 수미를 부르더니 데리고 나갔다. 정혜하고 송아, 나경이는 식당으로 바로 가는 것 같았다.

상모하고 나도 마지막으로 교실을 빠져나와 식당으로 가

고 있었다.

그런데 수미를 데려갔던 유미가 화장실에서 혼자 급하게 빠져나오더니 쏜살같이 식당 쪽으로 달아나고 있었다. 우리가 화장실 앞을 지나칠 때에야 수미도 달려 나오더니 복도 끝으로 사라지고 있는 유미를 불렀다.

"유미야, 유미야!"

수미는 몇 발자국 뛰어가다가 그냥 멈춰 서 버린다.

"이유미, 너 정말……."

그러더니 교실로 천천히 되돌아가 버린다.

"야, 쟤 오늘 생으로 밥 굶는다. 쟤가 다른 건 다 참아도 밥 굶는 건 정말 못 참는다던데."

상모는 남 밥 굶는 일이 뭐가 신이 나는지 킬킬거리며 웃어 댔다.

"웃지 마."

"우스운데 안 웃냐? 그나저나 정혜네 쟤들 참 교묘하게 애 물 먹인다, 그치?"

"몰라."

나는 참을 수 없이 화가 났다. 사람이 사람을 굶게 한다는 것, 이건 분명 범죄 행위다. 미필적 고의에 의한 범죄.

원 그리고 리

　아빠가 어제보다 더 피곤한 얼굴로 아침 상 앞에 앉아 있다. 그런데도 웃는 모습은 어제보다 자연스럽다. 엄마도 날보고 웃는다.

"저 이번 중간고사 전교 일등이래요."

엄마가 깜짝 놀랐다. 나를 보는 눈에 기쁨이 가득했다.

"정말? 애썼다. 남들 다 가는 학원에도 한 번 안 가고. 우리 시원이 정말 대단하다. 안 그래요?"

아빠도 감격한 얼굴이다. 내가 옆길로 안 빠지고 꾸준히 전교 수석을 유지해 주는 데 대한 고마운 마음이 들어 있다.

"대단하지, 대단하고말고."

"학원에는 내가 싫어서 안 가는 건데요, 뭐."

"하여튼 집에서 혼자 공부해 전교 일등 유지한다는 게 어디 쉽니?"

"그리고 백일장도 본선 진출했어요."

"오늘은 정말 좋은 일 많은 날이네. 우리 시원이 덕분에 하루가 신나겠다. 당신도 어디 가서 자랑 좀 해요. 어디 이런 아들 두기가 쉬워?"

"그래야겠어. 마누라 자랑, 자식 자랑은 팔불출이라지만 자랑할 건 해야지. 시원이 스피치 학원 다닌다며?"

"예."

"아들아, 열심히 해 보자. 요즘 세상은 옛날하고 달라서 공부만 잘해서는 성공할 수 없어. 스피치 강자가 세상을 지배한다는 말도 있잖아. 파이팅!"

아빠는 주먹을 불끈 쥐고 내 앞으로 내밀어 보이기까지 한다. 이건 좀 오버다. 내 몸이 오글거리는 걸 보면. 그래도 우리 아빠, 가만 보니까, 좀 귀여운 데가 있다. 이런 말, 내가 오버하는 건가?

그래, 엄마 아빠는 지금 엄청 노력하고 있는 거야. 우리가 다시 행복해지가 위해. 그리고 무엇보다도 내가 더 이상 나빠지는 걸 보고 있을 수 없었겠지.

그렇다면 나도 우리 가족의 미래에 대한 불안감 따윈 이제 떨쳐 버려야 해. 주리가 악몽 같던 오랜 마법에서 풀려난 것처럼. 자신의 믿음이 잘못됐음을 깨끗이 인정하고 먼지 털어 내듯 툭툭 털어 버린 내 친구 주리처럼.

우리에게 있어서, 나에게 있어서, 앞으로 나빠질 건 아무것도 없어.

"엄마, 저 민물게 다시 키울래요."

"그럴래?"

"예, 다시 한 번 잘 키워 보고 싶어요."

"알았어, 잘 생각했다."

오래 묵은 숙제를 푼 것 같다. 영원히 풀리지 않을 것 같던 숙제를 말끔하게 해결해 버리고 나면 이런 느낌일까.

가방을 챙기다가 주리한테 문자 메시지를 보냈다.

"어제 보니까, 수미 점심 굶더라. 너도 그렇지만 수미가 많

이 힘들어 보였어. 오늘부터는 너희 둘이서 밥 먹으러 가
는 게 어때."

금세 답장이 날아왔다.

"알아. 나도 그래야겠다고 생각했어. 수미가 나 때문에 점
심도 못 먹고 그러고 있으니까, 너무 미안하더라. 나는 습
관돼 괜찮은데 수미는 점심 굶는 게 고통스러워 보였거든.
하여간…… 그럴게."

"응, 그럼 조금 있다 보자."

"그래, 이따 봐."

일찍 온 아이들이 많이 빠져나갔는데도 식당에는 자리가
거의 없었다. 상모하고 내가 밥을 먹기 시작했을 때 주리하
고 수미가 들어와 배식판을 집어 들었다.

먼저 와 밥을 먹고 있던 송아하고 나경이, 정혜, 유미가
눈이 휘둥그레졌다. 놀랄 만도 하지. 수미는 정 배가 고프면
혼자 밥 먹으러 올 수도 있는 아이지만 주리까지 밥 먹겠다
고 식당에 나타났으니 지들이 안 놀라고 배겨. 내가 다 웃음
이 나오려고 했다. 하마터면 푹, 하고 웃음이 터질 뻔했다.

주리가 앞서서 식판을 들고 빈자리를 찾고 있었다. 수미도 식판을 들고 주리 옆에 붙어 섰다. 그런데 중간중간 한 자리씩만 남아 있고 둘이서 나란히 앉을 만한 자리가 없자 두 아이는 한참을 그렇게 서 있었다.

마침 내 앞에 앉은 상모 옆으로 두 자리가 났다.

"야, 주리야, 이리 와!"

상모가 그래도 인간은 됐다. 영 싹수 노란 녀석은 아니다. 상모가 큰 소리로 주리를 불렀다. 주리가 돌아보더니 곧장 상모가 가리키는 자리로 와서 앉았다. 그런데 수미는 주리를 따라오지 않고 그냥 그 자리에 서 있었다.

"수미, 빨리 와."

주리가 돌아보고 불렀지만 수미는 오기는커녕 송아 쪽을 힐끗 돌아본다.

"야, 오늘 밥 굶을 거야? 안 그럼 딴 데 가서 앉든지."

상모가 짜증이 자글자글한 목소리로 툴툴거리며 쏘아 대자 수미는 할 수 없이 주리 옆으로 와 앉는다.

"미, 미안해."

송아 눈이 샐쭉해졌다. 나경이도 입을 삐죽댄다. 정혜하고 유미는 우리 쪽을 아예 외면하고 밥만 먹는다.

주리하고 수미가 아직 밥을 먹고 있었지만 먼저 와서 밥을 다 먹은 상모하고 나는 기다리고 있을 수가 없어 자리에서 일어났다. 식당을 빠져나와 운동장 쪽으로 가려고 복도 모퉁이를 도는데 송아가 불쑥 나타났다.

송아는 나를 기다리고 있었나 보다.

"야, 구 서방. 잠깐 보자."

그런데 내가 아니고 상모를 보잔다. 나도 놀랐지만 상모가 더 놀란 얼굴이다.

"나? 얘가 아니고?"

"엉."

송아는 나한테는 눈길 한 번 주지 않고 상모더러 따라오라는 듯 앞장서서 건물을 빠져나간다.

"야, 나 어째야 되냐? 가야 돼, 말아야 돼?"

"글쎄…… 뭐 때문에 그러는지…….''

상모는 속이 바짝 타는지 입술에 침을 몇 번이나 바르면서 나하고 송아를 번갈아 쳐다보더니 끌려가는 당나귀마냥 신발을 질질 끌며 따라간다.

송아가 걷는 방향을 보니 후문 쪽 건물 담벼락 아래로 가는 것 같았다. 거기라면 복도를 따라 끝까지 가다가 오른쪽으로 이어지는 건물 복도가 끝나는 창문 아래로 가면 무슨 말을 하는지 듣거나 볼 수도 있을 거다.

역시 내 짐작이 맞았다. 송아가 후문이 보이는 담벼락 아래에 붙어 서서 천천히 걸어오는 상모를 기다리고 있었다. 상모는 송아하고 거리가 좀 있는 곳에 멈춰 서더니 무슨 일이냐는 듯 송아를 멍하니 쳐다봤다.

송아는 팔짱을 끼더니 상모 곁으로 다가갔다.

"왜 그랬어?"

"뭘?"

"그 계집애 편을 니가 왜 드느냐고!"

"응, 그거? 그런데 나 편든 거 아냐. 그냥 자리가 두 개 났는데 걔들이 모르는 거 같아서 알려 준 것뿐이야. 정말이야."

"그래? 좋아, 믿어 주지. 앞으로라도 그 계집애 편드는 짓하면 내가 가만 안 둔다."

"알았어. 이제 나 가도 되지?"

"아직, 안 돼."

"왜?"

송아는 혹시라도 누가 듣는지 주변을 세심하게 살피더니 목소리를 조금 낮춰서 말했다.

"내가 너한테 시원이 데려오라고 하고 편지도 전달하라고 한 적 있는데 왜 시원이가 오지도 않고 답장도 안 주는 거야? 내 말을 전하기는 한 거야?"

"했어."

"그런데 뭐래? 뭐라 했어?"

"음, 그게…… 그러니까……."

"왜 말 못 해, 엉?"

"에이씨. 그게…… 몰라."

송아는 매우 실망한 얼굴로 벽에 기대서더니 운동화 끝으로 땅을 폭폭 팠다.

"알겠다, 니가 말 안 하는 거 보니까. 내가 못생겨서 싫다고 했구나, 맞지?"

상모는 두 손을 홰홰 내저으면서 말했다.

"아냐, 그런 거. 절대. 그리고 네가 못생기긴 왜 못생겨. 웃는 모습이 얼마나 예쁜데."

송아 얼굴이 환하게 밝아졌다.

"걔가 그랬어? 시원이가?"

"아니, 시원이가 그런 건 아니고…….."

"그럼, 그럼 누가 그랬는데?"

"어, 내가, 내 생각이…….."

"등신, 너하고 말하는 내가 멍청하다. 꺼져!"

저녁반 수업이 끝나고 나자 원장님이 주리하고 나는 남으라고 했다. 원장님을 따라 사무실로 들어갔더니 앉으라고 했다.

"머잖아 '독도사랑 전국웅변대회' 예선이 있다. 전국적인 대회라서 예선이라도 실력 있는 사람들이 많이 나오거든. 그래서 우리 학원에서도 예선에 나갈 사람을 뽑으려고 학원 내 '스피치 경연대회'를 열려고 하는데, 너희 둘도 참가해 보도록 해."

"예? 제가 어떻게요?"

나는 내 귀를 의심했다.

"저도요? 저는 학원 나온 지도 얼마 안 되잖아요."

주리도 나하고 생각이 같은가 보다.

"그런 거는 다 상관없는 얘기야. 마음이 문제고 의지가 문제인 거지. 내가 누누이 말했지만 스피치는 자신감이다. 절대 피해서는 안 되는 거고. 가장 중요한 건 많은 무대 경험, 깨지고 망가지더라도 무대 경험을 통해 사람들 눈총의 펀치를 극복하는 사람만이 결국 승리하는 거야."

"그래도 아직 전 정말 자신 없어요."

진심으로 그랬다. 아무리 학원 내에서 여는 대회라지만 내가 이런 실력으로 무대 위에 서겠는가.

"그런 말, 입에 담지 말라고 했지?"

원장님이 제일 싫어하는 말이 자신 없다, 할 수 없다는 말이라는 걸 알면서 또 하고 말았다.

"죄송해요."

"너희 둘을 포함해서 열두 명이 참가하게 될 거야. 그중 다섯 명을 뽑아 예선에 내보낼 거다. 너희가 다행히 다섯 명 안에 든다면 더 이상 기쁠 일이 없겠지. 하지만 등수 안에 못 들더라도 너희에겐 돈 주고도 못 살 훌륭한 경험이 될 거다."

"우리 한번 해 보자. 재밌을 것 같아. 응, 친구야."

주리가 내 소맷자락을 잡고 흔들면서 말했다.

나도 그러고 싶지, 왜 안 그렇겠어. 너처럼 그렇게 말을 잘한다면. 그렇지만 난 너하곤 좀 다르잖아. 너만큼 되려면 얼마나 많은 시간이 흘러야겠니, 친구.

내가 망설이자 원장님이 내 어깨를 잡았다.

"여기서 포기하면 영원히 넌 슬럼프에서 벗어나지 못해. 지금 내가 내미는 손을 잡고, 내가 이끄는 대로 그 깊은 수렁에서 빠져나와야 한다. 내가 이렇게 돗자리를 깔아 줄 때 말이다."

"알겠어요. 해 볼게요."

"우리 같이 해 보자. 잘할 수 있을 거야."

주리가 다행이라는 얼굴로 내 소매를 다시 흔든다.

까짓, 주리 앞에서 쓰러지기밖에 더하겠어? 내 인생 목표가 '카네기홀에서 성공 스피치 강연'을 하는 거니까, 이번을 계기로 그 첫발을 내딛는 것도 괜찮을 거야. 어쩌면 나 스스로 됐다고 생각할 때, 그때까지 기다린다는 건 너무 먼 일일지도 모르겠고.

원장님 말대로 원장님이 내민 손을 잡고, 원장님이 이끄는 대로 따라가 보는 거야.

방에 들어서자마자 어항이 눈에 들어왔다. 돌이하고 순이가 살던 어항이 놓여 있던 곳에 그 어항이 다시 놓여 있었다. 그 보라색 리본을 매고.

어항 안에는 두 마리의 민물게가 있었다. 돌이하고 순이보다 몸피가 조금 컸다. 나는 고심 끝에 덩치가 큰 놈에게는 '원'이라는 이름을, 작은 놈에게는 '리'라는 이름을 붙여 주었다. 그러고는 가만히 불러 봤다. 원아, 리야. 푸하하, 정말 웃기다. 원아, 리야. 하하하, 아이고 허리가 다 아프다. 엄마한테는 절대 말하지 말아야지. 주리한테도.

그렇게 몇 번 부르다 보니 나름 어울리는 것 같기도 하다. 아니, 멋지게 잘 지었다는 생각도 들었다.

멸치하고 식빵 부스러기, 배춧잎을 가져와 두 군데로 나누어 놓아 주었다.

"제발, 이번에는 사이좋게 지내. 돌이하고 순이처럼 그렇게 되지 말고. 너희는 그렇게 돼서도 안 돼."

노크 소리가 나더니 엄마가 문을 열고 들어왔다.

"이름 지었니?"

"아뇨, 아직."

"저번 이름 그대로 써. 돌이, 순이, 그 이름 정감 있고 괜찮던데."

"그러든지요. 엄마, 고마워요."

"고맙긴. 그런데 이번에는 얘들 혹시 죽더라도 너무 상심하거나 상처받지 마. 사람도 죽고 얘들도 죽고 다 때가 되면 죽는 거야."

엄마 말처럼 사람도 죽고 민물게도 죽겠지. 때가 되면. 하지만 '때가 되면'이라는 말을 듣는 순간, 알 수 없는 고통이 느껴진다.

민물게가 죽어도 그렇게 슬펐는데, 밥도 먹기 싫고 모든 일이 짜증스럽기만 했는데. 사람이 죽으면 어떨까. 내가 사랑하는 사람이 죽는다면 얼마나 아파질까. 도대체 견뎌 낼 수는 있는 걸까. 아, 모르겠다. 이런 거, 정말 생각하기도 싫다.

오뚝이 인형

스피치 경연대회가 있는 날이다. 주리도 엄마하고 갔고 나도 엄마하고 갔다. 엄마하고 주리 엄마는 서로 안다. 두 번째 만남인데도 오랜 친구같이 다정해 보인다. 그래서 마음이 놓인다. 주리도 그런 것 같다.

주리가 잠깐만 보자더니 비어 있는 다른 강의실로 들어갔다. 나도 따라 들어갔다. 그러고 보니 주리는 손에 작게 포장된 뭔가를 들고 있다.

"자, 이거."

들고 있던 걸 내 앞으로 내밀었다.

"뭐야?"

"열어 봐."

포장지를 벗겨 내니 보라색 오뚝이 인형이 나왔다. 오뚝이 인형은 미니어처처럼 아주 작아 호주머니에 넣고 다니면 좋을 것 같았다. 엄마 빼고 여자한테 선물 받은 건 처음이다. 갑자기 얼굴이 달아올랐다.

"고마워. 난 준비도 못 했는데."

"괜찮아. 지나가다 보니까 있어서 샀어. 오늘 잘하라고. 오뚝이처럼 쓰러져도 벌떡 일어나라고."

"그럴게. 그런데 주리야, 내가 보라색 좋아하는 거 어떻게 알았어?"

"어, 그래? 실은 몰랐어. 그냥 내가 좋아하는 색이라서 산 거야."

"그렇구나. 너도 보라색 좋아하는구나."

"응, 나도 그 색깔 정말 좋아해. 참, 너, 오늘 잘해."

"알았어."

열두 명의 참가자가 가족이나 아는 사람들과 함께 와서 강의실 안은 사람들로 북적거렸다.

아직 대회를 시작하기 전인데도 이렇게 많은 사람들 앞에서서 발표하는 장면을 머릿속에 그려 보자 벌써부터 긴장되고 떨린다. 주리도 그럴까, 싶어 돌아봤더니 천하태평이다. 주리 반만 닮았어도 얼마나 좋을까.

나는 세 번째 발표자다. 주리는 여덟 번째이고. 5분 스피치를 해야 하는데 주제는 자유다. 그래서 나는 고민을 거듭한 끝에 '민물게 돌이와 순이'라는 주제로 발표할 내용을 만들었고 지금까지 연습해 왔다. 주리는 '내 인형 롱롱이'라는 주제로 발표할 거라고 했다.

열두 명 중에 주리하고 내가 제일 어리다. 물론 어리다고 봐주는 것은 없고.

어른들은 대부분 정장을 입고 왔다. 학원 내 대회라고 얕봤더니 그게 아니다. 어른들은 뭐가 달라도 다른 것 같다. 벌써 대회에 임하는 자세부터 다르다. 정식으로 대회에 임하겠다는 마음가짐이 내 눈에도 보인다. 나는 청바지에 티셔츠 하나만 입고 온 게 후회스러웠다. 재킷이라도 하나 걸칠 걸. 그래도 주리는 원피스를 입고 왔으니 체면치레는 했다.

드디어 대회가 시작됐다.

첫 번째 나온 사람은 60대 초반의 할아버지였다. '건강은 건강할 때 지켜야 한다'는 주제를 가지고 나왔다. 발표는 그런대로 잘하는데 말을 너무 느리게 해서 5분 스피치에 6분 25초가 걸렸다.

두 번째 발표자는 40대 직장 여성이었다. '내가 사는 이유'라는 주제로 발표했다. 원장님께 들은 이야긴데, 이 여성은 우리 학원에 나온 지가 가장 오래된 분이란다. 그만큼 내공이 쌓여서인지 또박또박 정확하게 발표를 잘했다. 일등은 따 놓은 당상인 것 같았다.

세 번째인 내 차례다. 앞으로 나가면서 사람들을 둘러보니 숨이 턱 막혔다. 60개가 되는 눈들이 마치 장전된 총구처럼 하나같이 나를 향해 발사 준비를 마친 상태로 노려보고 있는 것 같았다.

그런데 연대 앞에 자리 잡고 서서 그 눈들을 똑바로 마주 보면서 좌중을 한 번 휘 둘러보고 나자 '한번 해 볼만 하다'는 생각이 들었다. 그러고 나자 가슴 저 깊은 밑바닥에서부터 생겨난 겨자 씨만 한 자신감이 점점 커지더니 위로위로 올라와 나를 바로 세우고 있었다. 버티고 서 있을 힘이 돼 줬다.

나는 얼른 오른쪽 호주머니에 넣어 둔 오뚝이를 옷 위로 슬쩍 만져 봤다. 그리고 강력한 자기 암시문을 떠올렸다. "지금부터 청중을 무시하고 얼굴에 철판을 깐다!"

다소 불안정한 시작이었지만 5분 스피치를 성공적으로 마쳤다. 나는 스스로 감개무량했다. 1분도 아니고, 3분도 아니고, 5분 스피치를 비교적 잘 끝냈다. 스피치를 잘하는 사람이 보면 기가 막힐 노릇이겠지만. 주리가 앞에 있고 엄마도 주리 엄마도 내 눈앞에서 나를 지켜보고 있었는데 그런대로 해냈다. 이만하면 된 것 아닌가.

엄마가 잘했다는 듯 고개를 끄덕였다. 주리도 힘차게 박수를 쳤다. 역시 우리 원장님, 엄지를 세워 흔들어 보였다.

주리 차례다. 주리는 스피치를 위해 태어난 사람 같다. 말도 잘했지만 필요할 때는 제스처까지 써 가면서 참 자연스럽게도 했다. 저렇게 말을 잘하는 애가 그렇게 입을 다물고 있었으니 얼마나 힘들었을까. 주리는 5등 안에 들 것 같다.

열두 명의 발표가 모두 끝나고 원장님이 심사평을 간단히 한 다음 다섯 명의 입상자가 발표됐다. 주리는 5등이었다.

부상으로 2만 원 상품권을 받았다. 주리 엄마가 기뻐하는 모습을 보니 나도 기뻤다. 우리 엄마도 주리 등을 두드려 주며 축하해 줬다. 주리가 상을 받아서 정말 다행이다.

당연히 나는 입상권 안에 들지 못했다. 하지만 내가 얻은 건 너무나 커서 기쁨 또한 엄청나다.

대회가 끝나고 나서 원장님이 나하고 주리는 사무실로 가 있으라고 했다. 그래서 엄마하고 주리 엄마도 같이 사무실로 가서 원장님을 기다렸다. 원장님은 대회 끝나고 남아 있는 사람들과 얘기를 나누고 있었다.

사무실에는 책이 참 많았다. 한쪽 벽면 전체가 책장이었고, 책장 안에는 책으로 꽉 차 있었다. 주리하고 나는 원장님이 어떤 책을 읽는지 가 봤다. 두툼하고 딱딱한 표지의 전공 서적들. 원장님은 대학에서 경영학을 전공했는지 경영 관련 책이 많다. 또 역사책들도 수두룩하고 여행 관련 책들도 꽤 있었다. 식물 가꾸는 데도 관심이 많은지 원예 관련 책들도 있었다.

원장님 책상 바로 옆 책장 쪽에는 자기계발 관련 책들로 즐

비했다. 나는 내 책장 속에 있는 자기계발서들을 떠올려 봤다. 『소원을 이루는 기술』, 『꿈꾸는 다락방』, 『시크릿』, 『크게 생각할수록 크게 이룬다』(데이비드 슈워츠 지음), 『놓치고 싶지 않은 나의 꿈 나의 인생』(나폴레온 힐 지음).

그런데 원장님 책장에도 내가 가지고 있는 자기계발서 다섯 권이 있었다. 물론 내가 가지고 있는 다섯 권보다 훨씬 더 많은 자기계발서가 있었지만, 내가 가지고 있는 다섯 권 모두를 원장님도 가지고 있었다. 신기했다. 꼭 내가 원장님이 산 책을 보고 따라서 산 것 같다는 생각.

사람들이 다 갔는지 원장님이 사무실로 들어왔다. 원장님은 어른들 사이에서 5등을 거머쥔 주리를 칭찬해 주고 나도 잘했다고 격려해 줬다.

"시원이가 오늘 비록 입상권에는 들지 못했지만 지금 발전 속도로 볼 때 많은 가능성이 보입니다. 이번 '독도사랑 전국웅변대회' 끝나고 나면 몇 달 뒤에 '나라통일 전국웅변대회' 예선이 또 있어요. 그때는 주리하고 같이 나가 보는 게 어떨까 해서 좀 남으시라고 했습니다."

"정말 우리 시원이가 그때 참가할 수 있을까요?"

"물론입니다. 이렇게 빠른 속도로 발전하는 사람은 처음 봤어요. 그래서 더욱 그 대회에 참가해야 한다고 생각합니다. 그런 목표가 있으면 더욱 가속이 붙거든요. 말도 달릴 때 채찍을 가해야 더욱 속도를 내는 법입니다."

"저야 하라고 하고 싶죠. 하지만 시원이가 할지."

엄마가 나를 은근히 압박하면서 쳐다봤다. 하지만 내 생각도 다행히 엄마와 같았다.

"저도 좋아요. 해 볼래요."

"당연히 그래야지. 주리도 참가할 거지?"

원장님이 주리 엄마하고 주리를 보면서 물었다.

"예, 우리 주리도 해요. 그런 좋은 기회를 놓치면 안 되죠. 맞지, 주리야?"

"응, 할 거야."

"자, 그럼 됐습니다. 그거 물어 보려고 좀 남으시라고 했던 겁니다."

"원장님, 한 가지 물어 봐도 돼요?"

내가 자리에서 일어나 자기계발서 쪽으로 가면서 물었다.

"응, 말해 봐."

"저도 원장님이 가지고 있는 이런 책들이 몇 권 있는데요. 저는 이런 책들을 읽으면 책에 쓰여 있는 대로 그대로 되는 줄 알았어요. 그래서 시키는 대로 열심히 따라해 봤는데 그렇게 안 됐어요. 그러면 이 책들을 쓴 사람들은 읽는 사람들한테 거짓말한 것 아닌가요?"

원장님은 빙긋이 웃었다.

"책을 단순히 사서 읽기만 한다고 책에 있는 내용대로 된다면 세상에는 화내는 사람도 없고 모두 다 성공해야 하고 병 걸리는 사람도 하지 못할 것도 없어야 되지. 하지만 목표를 이루는 사람하고 이루지 못하는 사람의 차이는 사실 아주 작은 데 있어. 절대로 포기하지 않아야 하고, 그것을 이루기 위해서는 자신감으로 꽉 찬 마음으로 똘똘 뭉친 상태에서 책이 시키는 대로 해야 상승작용이 나타나면서 그렇게 될 수 있는 거거든."

"그럼 원장님은 저 책들을 읽고 도움을 받았겠네요?"

"그렇지, 큰 도움 받았고말고. 그러니까 이렇게 많은 자기계발서들을 사서 읽는 거지. 한 권만 읽는 것보다 두 권을 읽는 게 더 좋고, 두 권보다는 더 많이 읽는 게 살아가면서 내 마음을 단속하고 단단히 묶어 두는 데 큰 힘이 되는 법이야."

나는 눈이 번쩍 뜨이는 것 같았다. 전율이 느껴졌다. 이런 비밀을 몰랐다니. 그런 사실도 모르고 화가 나서 순 사기라고, 다시는 저런 거 안 산다고 얼마나 다짐했던가. 역시 어른들은 지혜가 많다.

주리 엄마가 상품권을 흔들어 보이면서 말했다.

"우리 주리가 이렇게 큰 상도 받았는데 제가 한턱 쏘겠습니다. 제가 사실 너무 기쁘기도 하지만 고맙고 감사하는 마음에서 한턱내려는 거니까, 모두 사양하지 마시고 함께 가 주세요."

"아하, 이런 좋은 기회를 놓치면 안 되는데 어쩌죠. 저는 선약이 있습니다. 죄송하지만 저는 다음 기회에 함께하는 걸로 하지요."

원장님이 정말 아쉬워하는 얼굴로 말했다.

우리는 피자 가게로 갔다. 피자하고 파스타를 푸짐하게 시켜 놓고 자기 가족끼리 나란히, 다른 가족을 마주 보고 앉아 있다. 엄마하고 주리 엄마는 서로 음식을 권하면서 집안 얘기, 세상 돌아가는 얘기들을 하고 있다.

내가 오래도록 꿈꿔 왔던 장면이다. 이런 풍경. 깨끗하고 예쁘게 꾸며진 식당에서 엄마랑 엄마 친구랑 그 딸 그리고 나. 눈물이 핑 돌려고 한다. 너무 좋아서 현실이 아닌 것 같다. 그래서 주리 몰래 허벅지를 꼬집어 봤다. 앗, 따끔하다. 꿈은 아닌 게 확실하다.

주리가 내 쪽으로 고개를 쭉 내밀더니 작은 목소리로 말했다.

"나, 어제 공원에 가서 우리 롱롱이 태워 버렸다."

"왜?"

"그래야 될 것 같아서."

"괜찮아?"

"등나무 밑에 묻어 줬어. 외할머니가 사 준 거라서 오래오래 가지고 있으려고 했는데……. 하지만 괜찮아. 생각해 보니까 내가 너무 오래 가지고 있었던 것 같아. 롱롱이도 이제 편안할 거야."

주리 눈이 슬퍼 보였다. 그래서 나도 슬펐다. 잘 생각했어,

주리야. 이젠 내가 있잖아. 오래오래 변치 않는 착한 친구가 될게. 맹세해.

"나도 어제 민물게 다시 샀다. 또 죽을까 봐 겁이 나지만 이제는 죽더라도 상처받지 않고 키우려고."

"잘했어. 그런데 걔들도 이름 있어?"

"뭐? 어, 없어. 그냥 민물게지, 뭐."

하마터면 이름을 댈 뻔했다. 정신 바짝 차려야겠다. 잠시라도 정신 놓고 있다가는 유도신문에 넘어가 '원'이하고 '리'라고 내 입으로 술술 불어 버릴 수도 있으니까. 휴우―.

"너, 백일장 본선 자신 있어?"

이쯤에서 고맙게도 느닷없이 화제를 바꿔 주는 주리다.

"응, 자신 있어. 네가 같이 가 준다면. 같이 가 줄 거지?"

나도 제법 얼굴이 두꺼워지고 있다. 음, 그래도 그것보다는 이렇게 말하는 게 좀 낫겠다. 나도 이젠 배짱이 생겨나고 있다고.

"당연하지. 친구 좋다는 게 뭔데."

집으로 돌아와 어항 앞으로 갔다.

"원아, 리야. 형아 왔어. 오늘 잘 있었지? 밥도 많이 먹었고? 나, 나라통일 전국웅변대회에 나갈 거다. 그래서 오늘부터 준비하려고. 멋지게 해낼 거야. 나, 대견하지? 앞으로 니들이 응원 많이 해 줘야 해, 알았어? 특히 너, 리! 나 지켜봐 줘. 니가 지켜봐 주면 더 힘이 날 것 같으니까."

나는 책장에서 자기계발서 다섯 권을 꺼내 책상 위로 내려놓았다. 뭐부터 다시 읽을까. 위로 올렸다가 밑으로 내렸다가 순서를 못 정해 한동안 만지작거리다가 『꿈꾸는 다락방』을 집어 들었다.

그래, 이것부터 읽는 거야. 나의 꿈을 이루기 위해. 멋진 소설가가 되기 위해. 그리고 내가 사랑하는 사람들을 실망시키지 않기 위해.

차근차근 한 계단 한 계단 묵묵히 앞만 보면서 나아가는 거다.